暴力夺取

The Violent Bear It Away

[美]弗兰纳里·奥康纳 著
殷杲 译

人民文学出版社
PEOPLE'S LITERATURE PUBLISHING HOUSE

雅众文化 出品

献给

爱德华·弗兰西斯·奥康纳(1896-1941)

自施洗者约翰的日子迄今,
天国一直忍受着暴力,被强暴者攫取。

——《马太福音》11:12[1]

---

[1] 此处引用冯象先生译文,常见和合本译文有误。冯象译,《新约》,牛津大学出版社,香港,2010年7月,第28页。(本书脚注均为译注。)

译者序

弗兰纳里·奥康纳与《暴力夺取》

《暴力夺取》是弗兰纳里·奥康纳（1925-1964）仅有的两部长篇小说之一。这位美国女小说家的生平，拙译《智血》的译序中已有介绍，不再赘言。不过，有一点值得不厌其烦地强调，那就是奥康纳不仅超越了我们对于女性作家的一般认知（据说创作初期，她曾被要求以淑女风格，"像简·奥斯丁一样写作"），即便在全体一流作家行列中，她也以精准、冷峻、睿智、颠覆的风格独树一帜。固然我们可以给她的作品贴上南方哥特体标签，对她本人也不妨冠以宗教作家的头衔，但是我们做这些简单归类的时候必须小心，以免因此而掩盖她的真实风采。因为，作为小说家的奥康纳是鲜有同类的。很少有人能像她一样，借助奇特的思路和惊人的技艺，以不乏粗暴的方式让我们陡然直面这样一个世界：在其中，熟悉的事物放射出了陌生的意义，庸常人生被赋予全新可能。

一

我在《智血》译序中曾提到,相较于精悍高超的短篇小说,中长篇的《智血》和《暴力夺取》以相对丰实的篇幅,更加从容地展示了作者的思想和技艺,在奥康纳作品中地位特殊、不容忽视。今天我们的话题便是其中的《暴力夺取》,首先一起来看看故事梗概——

十四岁少年塔沃特的舅爷爷突然去世。老头虔信宗教,生前曾命塔沃特为他完成两个遗愿:一、将他以体面基督徒的方式安葬入土,坟头上竖一个十字架;二、为老头的侄孙,也就是塔沃特的堂弟,一个白痴娃娃施洗。

塔沃特决定抗拒这两个命令。他从小被老头带到乡间树林抚养长大,灌输以基督教思想,一方面深受影响,另一方面也滋生了叛逆心理。他希望自己成为一个独立自主的人,不走老头为他安排的"先知"之路。为了表明态度,他大胆地放了一把火,欲将房屋和老头的遗体一并烧掉,这样就违背了老头的第一条遗愿;接着他从乡间来到城市,去找教书匠舅舅雷伯,也就是白痴娃娃的父亲,尝试违背第二条遗愿。

舅舅雷伯本人也曾在少年时被老头拐到乡下传授教义。短短几天的宗教经历彻底改变了他的命运,让他从此为宗教情结所箍束,在整个少年期都无法面对"真实的"世界。塔沃特出生后,雷伯曾希望亲自抚养他,让他过上自己未能拥有的正常人生,没料到老头故伎重演,把还是婴儿的塔沃特悄悄带走。雷伯到乡下试图解救这个孩子未果,回城后结了婚,生下白痴娃娃。

一晃十四年过去,少年塔沃特来到舅舅家,寻机淹死了白痴娃娃。始料未及的是,他在动手之前下意识地念出了施洗词,实际上等于还是给娃娃施了洗。他回到乡间,发现老头的遗体并不像以为的已被烧掉,而是在此之前就由黑人邻居妥善安葬,并竖上了标志虔信者所在的十字架。

老头的两个遗愿,或者说预言,到此事实上全部实现。塔沃特感受到命运的不可抗拒,自觉终于收到了上帝发来的信号。受此激励,他下定决心再度进城,去奔赴先知的命运。

——一个出乎意料、令人并不愉快的故事;一个你一旦翻开,就莫名紧张,却又无法弃读的故事。

二

我们可以把《暴力夺取》理解为一部宗教小说,因为它显然围绕着宗教和人的关系展开。从虔信、饱受羞辱,最终在荣耀中升起的老头;到在城乡两地、在信与不信之间辗转轮回,到头来还是毅然踏上先知之路的少年塔沃特;到苍白神秘、其受洗与否对其他人物的命运而言关系重大的白痴娃娃;再到全书最富黑色喜剧色彩,困顿在宗教和现实之夹缝中的教书匠舅舅,这几位主要人物的遭遇,无一不以宗教为核心。

不过,这又并不是一部狭义的宗教小说,否则它不可能同等地触及大量未必有宗教背景的读者。

且从书名的翻译说起吧。最初我考虑过借用圣经和合本中的句子"努力的人就得着了",但这种译法其实并不贴切。圣经原文含义比较玄妙,各种释经说法莫衷一是,不过基本上都认同此处"the violent"确指"暴力":基督教早期遭到的残酷迫害也罢,意欲听取圣言进入天国之人的狂烈激情也罢,无论哪种释义,均超出了"努力"这样的词语的温和内涵,唯有充满力度的"暴力"才能构成对应。关于这句经文,冯象先生的版本似乎更为适宜:"自施洗者约翰的日子迄今,天国一直忍受着暴力,被强暴者攫取。"

书中确实也充满暴力成分。奥康纳对这一话题的热衷向来令人印象深刻,在这部小说中尤其如此。纵火、酗酒、争吵、弑亲、鸡奸……狂暴情节层出不穷,令人不得不联想到,作品选用源自《马太福音》第11章的这个书名,必然是有所暗示的。综合种种考虑,最终我决定沿用"暴力夺取"这个颇富动感的译名。

之所以强调对"暴力"的这番定夺,是因为这个词语始终是理解奥康纳作品的重要入口,在《暴力夺取》中也不例外。一把火烧掉农庄,令原本平静的乡间生活陡然中断;淹死白痴娃娃,让教书匠舅舅突然面对激情的缺席;又一把大火烧毁了全部幻想,让少年塔沃特义无反顾走上先知之路……屡屡涌现的暴力,除了带着被默许的合法性,推动情节前进之外,更承载着特别的去蔽重任:颠倒虚实,扭转乾坤,从而营造出一种奥康纳所偏好的、充满混乱与意外的新秩序,在其中现实成为一个被排斥的概念。

而将现实之地位无限后推,以便让别的可能性凸显,这正是奥康纳写作的一大目的。以两部长篇小说为例，主人公都与现实保持着反常的张力。《智血》中的莫茨，一生就是一道不断朝向孤寂黑暗后退的轨迹，直到用自虐残暴地剥夺了最后一丝生之慰藉，方才进入永恒的光明。《暴力夺取》中的塔沃特，则以饥肠辘辘却无法咽下任何具体食物的苦楚，上演了一则与现世人生互不相容的寓言。读过这两部作品之后，我们很容易发现它们之间的互文关系，因为它们共同指向一种奇怪的疏离感。奥康纳利用暴力元素让世界呈现为一层不堪一击的表象，费心经营出了这种疏离感，以便传达一个讯息：除了人云亦云地沉浸于现实，深信于现实，我们还可以拥有别的取舍选项。这种"别的可能性"，或者"别的选项"究竟为何？奥康纳字面上的答案是基督教的救赎永生论。她曾有言："我发现，暴力具有一种奇异的功效，它能使我笔下的人物重新面对现实，并为他们接受恩典时刻的到来做好准备。"然而，这种剥离寻常意义，为新意义挪出空间的做法，实际上又超越了单纯的宗教训诫，而是颇富"向死而生"的况味，让她的作品变得宽阔，并不受限于"宗教小说"的通常涵盖。事实上，她的神学思考像托马斯·阿奎那等先哲一样，漫溢出了宗教边界，展现出无远弗届的哲学普适性，直指人类普遍的存在问题。她关于"恩典"的提示，实则对于生命真相发出的提醒。她在短暂一生中，争分夺秒，饱满地传递出了这份满怀悲悯的提醒，让我们无论身在何处，只要悚然一惊，及时抬头，都可以收取得到。而这，才是这位奇特的女作家最大的成就和魅力所在。

当然，除了哲思的深邃，奥康纳的成功是建立在强大的写作能力上的。精致的讽刺、生动的对话、大胆的架构,都与暗黑哥特戏剧风格交相辉映,令《暴力夺取》等作品每一页都散放出成熟高超的光彩。奥康纳在这些方面已经收获了大量美誉,我就不一一罗列了,读者们在具体阅读过程中不妨尽情感受这位出色写作者的表达天赋。

三

鉴于篇幅,对奥康纳和《暴力夺取》的简介只能于此暂且收笔。最后,请允许我感谢读者多年以来的相伴和鼓励,感谢家人对我的翻译工作的理解和支持。

2017 年 4 月 28 日
南京玄武湖畔

第一部分

第一章

弗朗西斯·马里恩·塔沃特的舅舅[1]死了才半天，小孩就喝得醉醺醺的，墓穴挖了一点就撂下了，有个来打酒的黑佬叫巴福德·曼森，不得不接手挖完，把一直坐在早餐桌边没挪窝的尸体拖过去，用体面的基督徒方式给葬了，坟头竖个救主标记，坟顶堆了够量的土，免得被狗子们刨开。巴福德来的时候是正午，走的时候太阳已落山，可这小孩，塔沃特，还压根没醒。

老头其实是塔沃特的舅爷爷，或者他是这么自称的，自打小孩记得起，他们就一道过日子。舅舅说他七十岁那年救下了塔沃特、抚养他长大；他死的时候八十四岁。塔沃特据此推算自己十四岁。舅舅教他算数、阅读、写字，还教他历史——先从亚当被逐出伊甸

---

[1] 实际上死者是塔沃特母亲的舅舅，也就是塔沃特的舅爷爷，不过本书中塔沃特对他有时称"舅舅"，有时称"舅爷爷"，均根据原文译出。塔沃特（Tarwater）的名字直译有"沾污水"的意思。

园开始,再把历任总统一直讲到赫伯特·胡佛,然后就是想象中的基督再临和审判日了。除了给他良好的教育,老塔沃特还帮这孩子摆脱了他仅有的另一个亲戚,也就是老头的侄子,后者是个教书匠,那会儿自己还没小孩,希望按自个儿的想法把死去的妹妹留下的这个孩子培养成人。

老头恰好有机会得知了他的想法是什么。他在这位侄子家住了三个月,原以为那是一种慈善之举,后来发现不是什么慈善,根本没那回事。趁他住在那儿,侄子始终在偷偷研究他。那个侄子,以慈善之名收留了他,却从后门溜进他的灵魂,问他些别有用心的问题,在屋里到处设圈套,观察着他跌进去,到头来弄出一篇研究他的文章,在一份教师杂志上发表了。此举之恶臭真是直袭天庭,以至我主本人出手救了老头。他赋予他神启之怒,吩咐他带上孤儿逃到乡间树林最深处,养他长大,来证实神的救赎。上帝允他以长寿,于是他从教书匠鼻子底下偷走小娃娃,带他住到叫作鲍得海德[1]的林中空地上,这片土地归他终身所有。

老头说自己是个先知,他抚养男孩长大,教他也期待上帝的召唤,为了收到它的那一天做好准备。他告诉他先知将会遭遇的磨难;来自世间的那些全都不值一提,来自上帝的那些则一准会把先知给焚烧净化了;因为他本人就被一遍遍焚烧净化过。他可是由火得谕的。

他年轻时受到召唤,出发进城,宣布抛弃救主的世界将遭毁灭。

---

1 英文为"Powderhead",直译作"炸药脑袋"。

他怒不可遏地预言道,这世界早晚要看到太阳爆炸、血火四溅的,不过他怒火万丈地等啊等,太阳依然每天升起,安安静静,好像不光这世界,就连上帝本人都没收到先知的信息。太阳升起落下,升起落下,这世界则由绿变白,由绿变白,再由绿变白。太阳升起落下,而他对于我主能否听到他已经绝望。突然有天早上,他欣喜地看到太阳捅出一根火手指,他还没来得及转身,他还没来得及惊叫,这手指就直捅到他身上,他等待已久的毁灭就降临到他的脑袋和身体上啦。这世界的血没事,倒是他自个儿的血给灼烧干了。

他从自个儿的错误中吸取了不少教训,也就有了资本来教育塔沃特——在小孩乐意听取的时候——怎么着才能真正侍奉好我主。小孩呢,其实自有主意,一边听一边总是不耐烦地想着,我主召唤之时,他可不会犯任何错误。

那并非我主最后一回用烈火纠正老头,不过自打他把塔沃特从教书匠手里弄来,这种事就没再发生过。那回,他的神启之怒突然变得一清二楚的。他搞清了自个儿要拯救小孩摆脱的是啥,搞清了他要忙乎的是拯救而不是毁灭。他得到教训啦,知道该恨的是早晚要来的毁灭,而不是所有那些要被毁灭的东西。

雷伯那教书匠没多久就得知了他们的下落,跑到空地上来要带走娃娃。他不得不把车停在泥土路上,钻进树林,沿着条一会儿有一会儿没的小路走了一英里,这才走到玉米地,田中央竖着那孤零零两层楼小房子。老头总跟塔沃特津津乐道地回忆侄子一路走来的样子,那张红通通、淌着汗、伤痕累累的脸在玉米丛中一下一下冒出来,后头跟着一顶粉红的花饰帽子,是他带来的一个慈善会女人。

那年玉米种得离门廊只有四英尺远，侄子从地里钻出来，正撞上老头举着散弹枪站在门口，嚷嚷着哪只脚敢踏上他的台阶，一准就得吃他枪子儿。两人大眼瞪小眼的，正好慈善会女人从玉米地里怒气冲冲钻出来，浑身皱巴巴的，活像孵蛋时受了惊扰的雌孔雀。老头说，要不是因为那慈善会女人，侄子肯定不敢朝前迈步。那两人的脸都被荆棘丛刮伤了，流着血，慈善会女人袖子上还勾了根黑莓枝。

她把一口气那么慢慢吐出来，好像耗尽了这辈子最后一丝耐心似的，做侄子的便一脚踩上台阶，老头举枪射中他的腿。他特地跟小孩回忆道，侄子一脸义愤填膺怒不可遏的表情，这模样着实惹毛了他，于是把枪举高，又是一枪，这回把侄子右耳朵打掉一块。第二枪轰掉了他的一脸正气，什么表情都没了，一片煞白，表明那下面其实啥也没有，老头有时会承认，这也揭穿了他自个儿的失败，因为他很早以前曾经试图拯救侄子来着，结果没成功。侄子七岁那年，老头拐走了他，带到乡间树林里，给他施了洗，还教给他一些关于救赎的事，不过这教育只管用了几年；侄子后来走上了另一条路。偶尔，想到没准是他亲手把侄子推上了这条新路，老头心里就沉甸甸的，故事也没法给塔沃特说下去了，径自瞪着前方，好像在琢磨脚前绽开的一个大窟窿似的。

这种时候他会游荡进树林，甚至一去数日，好琢磨出跟上帝和解的法子，把塔沃特一个人丢在空地上，他回来的时候邋里邋遢，饥肠辘辘的，显出一副男孩觉得先知该有的模样。他看上去好像跟哪只野猫干过架，脑袋里还满满都是从猫眼里窥见的神启，光之轮，带着巨火翼、四个头颅扭向宇宙四角的怪兽。这种时候，塔沃特确信要是老头听到召唤,一准会回答,"主啊,我已在此,随时待命!"这位舅爷爷眼里没有火焰的时候,他就只扯些为十字架流汗和十字架的腐臭啊,获得重生、与基督同死,在永恒中享用生命之饼啊,小孩就开始走神,听得心不在焉的。

老头讲故事时,思绪并非总是匀速向前。有时他会浮皮潦草地越过开枪打中侄子那段,好像不乐意想起这事似的,会直接讲到那两人,侄子和慈善会女人(名字很好笑:伯妮斯·毕晓普[1])连滚带爬地逃走,在玉米地里窸窣乱窜,越溜越远,讲到慈善会女人尖叫,"为啥不早说?你早知道他疯啦!"讲到等他们从玉米地那一头冒出来,他已经跑到楼上窗前啦,正好看到她从后面搂着侄子,撑着他一瘸一拐逃进树林。后来听说,侄子娶了她,虽说年纪是他两倍大,但终究,只给他生出来一个娃娃。她没让他再来过。

而上帝呢,老头说,保护了她生的这唯——一个孩子,没让他被这样的父母给腐蚀掉。他用唯一可能的法子保护了这孩子:他是个弱智儿。老头说到这里总会顿上一顿,让塔沃特好好领会这里面的神奇之处。自打听说这娃娃起,他进城好几回,想要把他劫来,给他施洗,每回都徒劳而返。教书匠非常警惕,而老头现如今太胖太笨拙,没办法灵巧地劫走什么人啦。

"要是啊,等我咽气那会儿,"他对塔沃特交代过,"我还没给他施洗,那就交给你啦。这将是主交给你的第一项任务。"

男孩非常狐疑他的第一项重任竟会是给个弱智儿施洗。"啊,

---

[1] 英文写作"Bernice Bishop",读起来很像 be a nice bishop(当一个好主教)。

不会,"他说,"他才不会让我来收拾你的烂摊子。他对我自有别的安排。"他想到的是击打磐石让水流出的摩西[1],让日头停住的约书亚[2],在坑中用目光镇住狮子的但以理[3]。

"替主寻思可不是你分内事,"舅爷爷说,"不然审判日你一准遭大罪。"

老头死的那天早上,像平时一样下楼做了早饭,刚把一满匙送到嘴边就咽了气。他们住的地方一楼整个是厨房,大而阴暗,靠墙立个柴火炉,紧挨着是一张长条桌。各处角落堆着一袋袋饲料和麦麸,他和塔沃特随手丢下的废铜烂铁、刨花、旧绳子、梯子和其他引火物落得遍地都是。他们以前就在厨房睡,有天晚上,一只山猫穿窗而入,舅爷爷一害怕,就把床挪到了二楼,那里有两间空房。老头预言道,爬楼梯一准要折他十年寿。他死的那会儿正坐下来吃早饭,一只蒲扇般的红通通大手抓着餐刀,往嘴边举了一半,突然又放下了,满脸震惊,手落在盘边上,压得盘子翘起来。

老头像公牛一样,粗短的脑袋直接安在肩膀上,一对银白色眼睛鼓突,活像两只想要挣破血红线网的鱼。他戴顶帽檐整个朝上翻的油灰色帽子,内衣外头穿了件原本是黑色,如今变成灰色的外套。塔沃特坐在桌对面,看到老头脸上冒出几道红线,身体掠过一阵颤动。就好像一场地震在心脏那里爆发,震颤一路向外传递,抵达表

---

1. 事见《旧约·出埃及记》17:6 和《旧约·民数记》20:11。
2. 事见《旧约·约书亚记》10:15。
3. 事见《旧约·但以理书》6:22。

面时已经勉强为晃动。老头一侧嘴角猛地朝下一撇,就这么一动不动了,人依然稳稳当当坐着,背部离椅背足有六英寸,肚子刚好卡在桌沿下。他的眼睛变成死沉沉的银色,兀自盯着对面的男孩。

塔沃特感觉到那震颤传了过来,悄悄传到他身上。他不用摸,就知道老头死啦,他隔着桌子坐在尸体对面,在闷闷不乐的困窘中吃完早饭,就好像突然面对着一个陌生人,不知道说什么好。最后他气呼呼地说:"你甭着急。我告诉过你啦,我晓得怎么做。"这声音听起来真像个陌生人说的,似乎死亡改变的不是舅爷爷,倒是他自个儿。

他站起身,把盘子端出后门,搁在末级台阶上,两只黑色长腿斗鸡穿过院子冲来,把上面的残羹剩饭啄得精光。他坐在后门廊里的一个长条形松木箱上,双手心不在焉地理着一段绳子,长脸冲着前方,越过空地,望向后方的树丛,它们灰灰紫紫、层层叠叠,汇入浅蓝色的树林天际线,横亘在清晨空荡荡的天空中。

鲍得海德不单是不通土路,马车道和小路也无法直达,距此最近的邻居,几个黑佬,要来也得徒步穿过树林,一路拨拉开李树枝。这里以前有两幢房子;现在只剩一幢,它的两位主人死的那位在屋里,活的那位在屋外门廊上准备埋他。小孩知道他总得先埋掉老头,才能干其他的活儿。就好像非得把土堆在老头身上,才能让他死透。这想法似乎给了小孩理由,可以缓一缓,躲开那压迫着他的什么东西。

几个星期前,老头在左边种了一亩玉米,一直越过栅栏,差不多紧挨到房子一侧。两排铁丝网横贯在田中央。一条雾气正躬着背慢慢爬向它,像条打算匍匐着钻进来爬过院子的白鬣狗。

"我要挪了那栅栏,"塔沃特说,"我可不要我的栅栏竖在什么田中央儿。"声音听起来很响,陌生刺耳。在他脑袋里,这声音继续着:你可不是什么主人。教书匠才是这里的主人。

我是主人,塔沃特说,因为我住这儿,没人能把我赶走。要是有哪个教书匠敢来讨这产业,我就干掉他。

主没准会打发你离开,他思忖道。突然万籁俱寂,小孩觉得心脏膨胀起来。他屏住呼吸,仿佛就要听到上空传来什么声音了。过了一阵,他听到在他下方,门廊下头有只母鸡扑腾起来。他疯狂地在鼻子下挥舞胳膊,脸色慢慢又变回苍白。

他穿一条褪色吊带裤,把一顶灰檐帽像软帽一样直拉到耳朵上。他学着舅舅的习惯,除了上床睡觉,平时从不摘帽。他一直到今天都学着舅舅的习惯,不过他想:要是我想在埋他之前就挪了栅栏,鬼都不会来妨碍的;死人可不会吱声。

先埋了他,一了百了,陌生人响亮刺耳的声音说道。他起身去拿铲子。

他刚才坐的松木箱是舅舅的棺材,不过他不打算用它。老头太重啦,这么瘦小的男孩可没办法把他举过棺材沿儿,再说了,虽然老塔沃特几年前亲手打了这棺材,他也说过要是到时候没法把他弄进里面,就直接把他埋坑里好啦,只是记得坑要够深。他说,希望它有十英尺深,而不是只有八英尺。他花了很长时间打这棺材,收工时还在盖子上刻了字:梅森·塔沃特,与上帝同在,并且爬进搁在后廊上的棺材里躺了一会儿,身子都装进去啦,只有肚子从棺材上方冒出来，活像发酵过头的面包。小孩站在棺材边打量他。"这就是我们所有人的去处，"老头心满意足地说，洪亮的声音从棺材里传出来，听起来精神头很足。

"这盒子对你太大啦，"塔沃特说，"到时候我得坐在盖子上，把你压下去，不然就得等你烂掉一点才成。"

"可别等，"老塔沃特这么说道，"听着。要是到时没法用这盒子，要是你抬不动它，不管什么问题吧，把我埋坑里就对啦，不过我要个深的。要十英尺，不能才八英尺，要十英尺。要是没别的法子，你就把我滚过去得啦。我会滚起来的。弄两块板子铺台阶上，把我滚起来，我停哪儿，就在哪儿挖坑，一定得挖够深了才把我滚进去。用几块砖头把我卡住，免得我提早滚进去。坑没挖好，可别让狗子们把我给拱坑里头。你最好把狗子们关好。"他叮嘱道。

"要是你死床上咋办？"小孩问，"我怎么把你弄下楼梯呢？"

"我不会死床上的，"老头说，"我一听到召唤，就跑下楼梯。我会尽量朝门口跑。要是我果真在床上咽了气，你就把我从楼梯滚下去，就这样。"

"主啊。"小孩呻吟道。

老头在棺材里坐起身，捶着棺材沿儿。"听着，"他说，"我从没要你做过啥。我带你来，养大你，从城里那蠢货手中救了你，现在我要的回报只是等我死了把我埋地里，去死人该去的地方，再帮我竖个十字架，标出我在哪儿。我就要你做这么一件事。我甚至都没要你去找那些黑佬来帮忙把我和我爹埋一块儿。我本来可以要求你这么干的，可我没有。我已经尽量给你弄简单了。我要你做的，就是把我埋地里，竖个十字架。"

"我要是真把你埋下地了，肯定早累坏啦，"塔沃特说，"一准累得弄不动啥十字架啦。我可不想烦这些小事。"

"小事！"舅舅怒道，"等到这些十字架都要被召集的那天，你就会知道这是什么样的小事了！正确安葬死者没准是你唯一一次为自己荣耀上帝的机会了。我带你到这里，把你培养成个基督徒，而且不只是基督徒，还是个先知！"他怒吼道，"这担子要落到你肩上！"

"要是我没力气做，"小孩以谨慎的冷漠打量着他，说道，"我就通知我的城里舅舅，他可以过来料理你的事。那教书匠，"他慢吞吞说着，看到舅舅紫红色脸庞上的痘疮已经变得苍白，"他会管你的。"

箍住老头眼珠子的那些红线变粗了。他抓住棺材两侧，身子朝前一冲，好像打算就这么驶离门廊似的。"他会烧了我，"他嘶哑道，"他会用炉子火化我，撒掉我的骨灰。'舅舅，'他跟我说过，'你真是一种几乎绝种的类型！'他一准会花钱让殡葬人烧了我，好撒掉我的骨灰，"他说，"他不相信死后复活。他不相信最后的审判日。他不相信生命之饼……"

"死人就别穷讲究啦。"小孩插嘴道。

老头攥住他的裤子背带，把他拽到棺材边，瞪着他苍白的脸。"世界就是为死者建的。想想看所有那些死者，"他说，然后，好像想出了一句足以回敬世界上一切羞辱的答案，他说，"死人可比活人多一百万倍，死人死的时间，也比活人活的时间长一百万倍。"

他大笑起来,松开手。

小孩被这话震住了,不过只是轻轻打了一个寒战,过了一会儿他说,"教书匠是我舅舅。到时候他就是我唯一头脑正常还活着的亲人了,我想投奔他就投奔他;现在就走。"

老头默默盯着他,看了好像足足有一分钟。突然他双手一拍棺材边儿,吼道,"要受瘟疫的,必受瘟疫!要受刀杀的,必受刀杀!要受火烧的,必受火烧!"小孩这次吓得浑身抖起来。

"我救了你,给你自由,让你成了个人!"他吼道,"而不是他脑袋里的什么知识!要是你和他一起过,这会儿早就成了一堆知识啦,就给他装进脑袋里啦。更可怕的是,"他补充道,"你还得去上学。"

小孩痛苦地龇了龇牙。老头对他反复灌输过,他没被送去上学,是多大的运气。主特为关照,让他给纯净地培养成人,让他免遭腐蚀,再经过先知的培养,最终成为主所选的仆人,为主施布预言。跟他一般年纪的小孩都给关在屋子里,跟个女的学怎么剪纸南瓜,可他却可以尽情学习智慧之精髓,他的精神伴侣是亚伯、以诺、挪亚和约伯,亚伯拉罕和摩西,大卫王和所罗门,还有所有那些先知,从无须死亡的以利亚,到脑袋给砍下放盘子里让人害怕的约翰。[1] 小孩知道,能逃脱上学,就是他被选中的最确定无疑的标志了。

学监只来过一回。主已经事先提醒过老头,教他该怎么应对,老塔沃特就让小孩为那魔鬼特使一般的学监来的日子做好了准备。

---

[1]. 这里所列均为先知。其中"无须死亡的以利亚"事见《旧约·列王纪下》第2章,此处的约翰指施洗者约翰,事见《新约·马太福音》第14章。

到了那天，他们看到他穿过田地走来，一切已经准备就绪。小孩跑到房子后头，老头坐在台阶上等着。学监是个秃顶瘦子，挂着鲜红的吊裤带。他从田里钻出来，踏上院子硬邦邦的泥土地，跟老塔沃特小心翼翼地打招呼，假装若无其事地开始了他的计划。他在台阶上坐下，扯起糟糕的天气和健康问题。最后，他打量着田地说，"你这儿有个男孩，是吧，该上学了吧？"

"是个好孩子，"老头回答，"要是谁认为自个儿能教他，我可不会碍他事哟。娃儿啊！"他招呼道。小孩并没有应声而来。"哎，娃儿啊！"老头吼了起来。

过了几分钟，塔沃特从屋子一边绕了过来。他瞪着眼睛，目光涣散。他肩膀耷拉着，上头的脑袋直晃，张着嘴，舌头拖在外面。

"他不算灵光，"老头说，"可他真是个好孩子。他晓得你叫他就要过来。"

"是啊，"学监说，"不错，不过最好还是别去打搅他吧。"

"我说不准呐，他没准真该去上上学来着，"老头说，"他已经足足两个月没发作啦。"

"我想他最好还是甭去啦，"学监表示，"我可不想让他受什么约束。"他扯起别的话题，没多久就告辞了。两个人心满意足地看着那个身影再次穿过田地，变得越来越小，鲜红色吊裤带终于消失不见了。

要是他落到教书匠手里，这会儿就该上学啦，毫无特色，埋没在上帝的子民中，还要进教书匠的脑袋里，给分解成分数和算术。"他就想让我进他脑子里，"老头说，"他以为只要把我弄进那教书匠杂志里，我就永远在他脑袋里了。"教书匠家四壁空空，只有书和报纸。老头住过去的时候，并不晓得但凡给侄子过了眼、装进脑袋里的活物，都会被他的头脑变成一本书、一份报纸，或者一张表格。教书匠对老头是上帝选中的先知这事好像蛮有兴趣，问了无数问题，有时还把回答潦草记在本本上，时不时小眼睛闪闪发亮，好像又有了什么发现似的。

老头还以为他劝说侄子重拾救赎的事有眉目了，因为他虽然还没承认相信，至少已经肯听了。他好像挺乐意聊聊这些舅舅感兴趣的话题。他缠着问他早年的生活，那些老塔沃特其实都忘光了。老头相信对祖先的这种兴趣能够结出善果，可是啊，天晓得，结出的却是恶臭、耻辱的玩意儿，一些死沉沉的字眼儿哟。结出的都是干枯无子的果子，烂都不会烂，从一开头就死透啦。时不时地，老头会像啐出一口口毒药，啐出教书匠文章里的几句蠢话。回忆的怒火一个字一个字焚烧着这些句子。"他这种对蒙主召唤的执念源自不安全感。他需要因为被召唤而得到慰藉，故而做出自行召唤之举。"

"自行召唤！"老头会声嘶力竭地低吼道，"自行召唤！"这说法令他愤怒出窍，弄得他经常啥也说不出，只能一遍遍重复它。"自行召唤。我自行召唤。我，梅森·塔沃特，自行召唤！自行召唤去被人揍、被人绑。自行召唤去遭白眼、遭笑话。自行召唤去挨当头一棒。自行召唤去被我主之眼撕碎。听着，孩子，"他说着会扯住小孩吊带裤的带子，把他慢慢晃来晃去的，"就连仁慈的主也怒火万丈啦。"他会放开背带，自顾自又是嘶吼又是呻吟的，任由小孩跌进这想法的荆丛里去。

"他想把我弄到那教书匠的杂志里。他以为一旦把我弄进去，我就像进了他脑袋里一样，不得翻身，永无出头之日，他以为那样事情就了啦。哼，可没那么容易！我不正坐在这儿吗。你不正坐在那儿吗。自由自在的。可没在哪个人的脑袋里！"他直说到气若游丝的，好像声音是他自由自在的自我当中最自由的一个部分，正挣脱他沉重的躯体，不知所踪去了。这种时候，舅爷爷的狂喜中总有什么会感染到塔沃特，他会觉着自个儿逃脱了某种神秘的监禁。他甚至觉着能嗅到他的自由，它从树林里飘出，散发松枝清香，接着老头会继续说："你生于束缚，受洗而得自由，归入我主之死，归入我主耶稣基督之死。"[1]

这时小孩就会感觉一种愠怒之感慢慢爬上身，一种温暾的、不断增长的厌恶：这份自由非得跟耶稣扯一块不可，而耶稣非得是我主不可。

"耶稣是生命之饼。"老头宣布。

小孩这会儿变得有点心神不宁的，他看着看着远方，目光越过深蓝色的树林天际线，世界在那儿伸延着，然后慢慢消隐、终得平静。在他灵魂最阴暗、最隐秘的部分，像一只沉睡蝙蝠一般首尾倒挂着的，是那确定无疑、不容否认的认知：他可不想尝那生命之饼。灌木丛为摩西燃烧、日头为约书亚停下、狮子在但以理面前掉开脑袋，都只为预言生命之饼？耶稣？他对这结论无比失望，它竟然是真理，也令他倍觉恐慌。老头说，他一咽气，就要赶赴加利利湖边，

---

[1]《新约·罗马书》6:3：岂不知我们这受洗归入基督耶稣的人是受洗归入他的死吗？

品尝我主不断变多的饼和鱼。[1]

"就永远待那儿吗?"惊恐的小孩问。

"永远。"老头宣布。

小孩觉得这正是舅爷爷的疯狂之核心,这种饥饿,他暗暗害怕,它有可能会传下来,有可能藏在血脉里,不定哪天就在他身上爆发出来,那他就会像老头一样被饥饿撕扯,肚肠里烂个大洞,最后除了那生命之饼,没东西可以治好或填满它。

他尽可能忘掉这些想法,目光直直地看向前方,只管盯着眼前的东西,光看不想。就好像他害怕一旦对什么东西多看了一下——铲子啊,锄头啊,犁杖前方的骡子屁股啊,脚下的红色犁沟啊——它们就会奇怪而吓人地,突然在他面前立起来,要他来为自己命名,还要命名得当,最后甚至会根据给它们的命名来审判他。他尽可能回避这种危险重重的涉及创世的亲密关系。主的召唤如果到来,他希望会是一个来自清澈无云的天空的声音,我主万能上帝的号角声,未被任何肉体之手或者呼吸沾染。他希望看到非人间巨兽眼中的火轮。他曾以为舅爷爷咽气时这就会发生。他飞快地打消这个念头,抓起铲子。教书匠是个活生生的人,他一边忙活一边寻思,不过他最好可别跑来,妄想把我从这房子里弄走,因为我会宰了他。去找他,你就万劫不复吧,舅舅说过。我把你从他手中救出来一直到今天,要是我一入土你就去找他,那我可就没辙了。

铲子搁在鸡窝边。"我再也不会踏进城一步。"小孩大声自言

---

1. 事见《新约·马太福音》14:17—21。

自语道。我永远不会去找他。不管是他还是谁,都休想让我从这里挪窝。

他决定在无花果树下挖墓穴,这样老头可以给无花果做肥料。土地表面是层沙,下头则是硬邦邦砖头一般,铲子捅进沙里,撞得当当响。有一座足足两百磅的死肉山要埋啊,他想,不由得一脚踩着铲子,弯下腰,透过树叶缝隙打量发白的天空。从这片石头地里要挖出够大的坑,准得花一整天,换了教书匠,一眨眼就烧掉他了。

塔沃特在差不多二十英尺开外看到过教书匠一次,还更近地看过那个弱智。那小娃娃不知为啥长得挺像老塔沃特,只是那双眼睛,虽说跟老头是一样的灰色,却分外清亮,就好像两颗眼珠子的后面远远地通到两个透亮的池子里。他那模样一看就知道是个傻子。和塔沃特一起去的那回,老头被他俩之间的相似和不同之处镇住了,站在门口目瞪口呆看着这小娃娃,舌头直耷拉下来,好像他自己也成了痴子似的。他那是头一回见到这娃娃,从此就对他念念不忘的。"娶了她,生了个娃娃,是个痴子,"他会念叨着,"主保护了他,现如今主想要他受洗。"

"好哇,那你为啥不动手呢?"小孩问,他希望发生点什么,希望看到老头采取行动,希望他劫持那娃娃,引得教书匠一路追来,他就可以凑近些看看他这另一位舅舅啦。"你出啥毛病啦?"他问,"为啥耽误这么久?为啥不赶紧把他偷来?"

"我直接领受我主上帝的命令,"老头说,"上帝自有安排。我可不是听你使唤的。"

白雾已经飘过院子,消失在另一头,空气清澈、虚无。他不停地想着教书匠的家。"在那儿待了三个月,"舅爷爷说过,"真丢人。整整三个月,在我自己亲人的家里遭背叛,要是等我死了,你想把我交给背叛我的人,让我的身体被烧掉,那就随你吧!随你吧,孩子,"他怒吼道,在棺材里挺身坐起,满脸疙瘩涨得通红。"那就随你,让他烧掉我吧,不过,你可要当心主的狮子啊。记住,假先知的道路上埋伏着主的狮子哟!他所不信的那种酵母,可是在我身上发了酵啦,"他说,"我不会被烧掉的!等我不在了,你就自个儿待在这林子里,太阳想晒进来多少光就晒进来多少光,肯定比进城投奔他自在多啦。"

他不停地挖着,但是墓穴丝毫没有变深。"死人真可怜。"他用那个陌生人的声音说道,没有比死人更可怜的啦。他根本没得挑啊。他想,没人会来烦我。再也不会有了。不会有什么手举起来阻拦我做任何事;除了我主,不过我主啥也没说。我主甚至都还没注意到我哩。

旁边有只沙土色猎犬在地上扫尾巴,几头黑鸡在他搅起的生黏土里扑腾。太阳已经滑到树丛的蓝色边缘线上方,正拢着一圈黄雾,缓缓挪过天空。"现在我可以想干啥就干啥啦。"他说着,把那陌生人的声音放柔和了些,好让自己习惯它。要是我乐意,都能把所有这些鸡宰喽,他心想,一边打量着那些毫无价值的黑色小种斗鸡,舅爷爷喜欢养它们。

他喜欢干的蠢事还不少呢,陌生人点评道。事实是,他根本没脱孩子气。其实啊,教书匠根本没伤他一根毫毛。你瞧,他无非就是观察下老头子,记下自己看到听到的,写成一篇给教书匠们读的论文罢了。那有啥错？根本没有。谁在乎教书匠们读什么呢？那老蠢货却一副好像灵魂遭扼杀的架势。好吧，他并不像自以为的那样离死不远啦。又活了十四年，把一个男孩给养大了，来按照他的心意埋他入土。

塔沃特用铲子戳着土地，陌生人的声音强忍悲愤，不停地重复道，你得徒手把他囫囫囵囵埋下地，可教书匠烧掉他只要一分钟。

他挖了一个小时或者更久，墓穴只挖下去一英尺深，根本不够放尸体。他在墓穴沿儿坐了一阵。空中的太阳活像一个怒火万丈的白水泡。

死人比活人麻烦多了，陌生人说。换了教书匠，一分钟也不会去想什么到了最后一天所有十字架标出的尸体都会聚到一起这种事。在这个世界的其他地方，别人的活法跟你被教的可大不一样。

"我去过那里，"塔沃特喃喃道，"用不着谁来告诉我。"

舅舅两三年前去找过律师，打听能不能解除宅子的限定继承权，好把它绕过教书匠，传给塔沃特。舅舅忙着交涉这事，塔沃特则坐在律师所的十二楼窗边，看着下面深坑一样的马路。从火车站过来的一路上，他志得意满，走在人流当中，后者像一股移动的金属和水泥，缀满人类的小小眼睛。他自个儿眼睛的光亮倒是被一顶灰色新帽子挡住啦，帽檐儿硬邦邦，活像个屋顶，稳稳当当架在他支棱的耳朵上。来之前他看了年鉴书，晓得这地方有七万五千个从没见过他的人。他想停下来，跟他们一个一个握手，介绍说他叫F.M.塔沃特，来这里只待一天，是陪舅舅来律师所办事的。每次跟人擦肩而过，他都回头看看，直到后来人流变得太稠密了才算完，他发现他们不像乡下人一样盯着你看。有几个人撞上他,这种机缘本来足以促成毕生友谊的,现在却毫无结果,因为这些笨拙的家伙埋着头,嘟囔一句抱歉就擦身而过了,要是他们能停一停,这道歉他本来是满心乐意接受的。

然后,电光火石之间,他恍然大悟,这就是邪恶之地啊——那埋头赶路的脑袋,那嘟囔的话语,那匆匆的擦身而过。他灵光一现,看出这些人正从我主万能的上帝身边匆匆逃开。先知们都要来到城市,而他就在这里,身处其中。本该令他厌恶的,却为他喜不自禁。他警惕地眯起眼,打量着正在前头匆匆赶路的舅舅,老头对周遭无动于衷,比树林里的熊还不如。"你算哪门子先知?"小孩嘶哑道。

舅舅没理会,也没停下。

"你是先知吗!"他刺耳地一个字一个字嚷道。

舅舅停住脚,转过身。"我是来忙正事的。"他平静地回答。

"你总说自个儿是个先知,"塔沃特说,"现在我可明白了你是哪种先知。以利亚[1]一准觉得你是坨屎。"

舅舅犟着脑袋,眼睛鼓突出来。"我来这里是为了正事,"他说,"要是你收到了主的召唤,那就忙你自个儿的任务去好啦。"

小孩脸色微微发白,眼神松动了。"我还没被召唤,"他嘟囔道,"是你被召唤了啊。"

"我自知道啥时得召唤,啥时没有。"舅舅说着转过身,不再理会他。

---

1. 先知以利亚的事见《旧约·列王纪上》17章。

他在律师窗边跪下，把头探出去，上下颠倒地悬挂在下方浮动的、缀满眼睛的马路上，那仿佛一条流淌的锡皮河，他看着太阳投在上面的光亮，太阳苍白的漂浮在苍白的天空中，遥遥在上，远得点不燃任何东西。等到他得蒙召唤，他再来时，他要让这城市骚动不安，他回来时必双眼喷火。在这里你得做点什么才能让他们看向你，他盘算着。他们不会因为你在就看着你。他想到舅舅，又是一阵厌恶。等我真正到来的时候，他暗下决心道，我要做点什么，让所有眼睛都盯在我身上，他俯身向前，看到新帽子往下一滑，失去了控制，飘摇不定，被风微微逗弄着，一径坠向下方的锡皮河，奔赴粉身碎骨的命运。他抱住没了帽子的脑袋，跌回到房间里。

舅舅正在和律师争论，各自捶着隔在他们中间的桌子，两人屈着膝，同时砸下了拳头。律师高个子，圆脑袋，长个鹰钩鼻，勉强按捺住怒火，不停地重复："不是我立的遗嘱。不是我订的法律。"舅舅洪亮的嗓门吼道："我不管。我爹一定看不得让个傻瓜继承他的宅子。那可不是他想要的。"

"我帽子掉啦。"塔沃特说。

律师靠回椅背，支着椅子腿儿，咯吱咯吱地朝后凑近塔沃特，淡蓝色眼珠无甚兴趣地扫他一眼，又咯吱咯吱朝前靠去，对舅舅说，"我无能为力。你这样是在浪费咱俩的时间。你不如就按着这遗嘱来吧。"

"听着，"老塔沃特说，"那会儿，我以为自个儿要完蛋啦，又老又病，离死不远，又没钱，啥都没有，我就接受了他的照顾，因为他是我最近的血亲，你可以说他是有责任收容我，可我想那只是慈善，我想……"

"我可管不了你想啥，做了啥，或者你亲戚想了啥做了啥。"律师闭着眼睛道。

"我帽子掉啦。"塔沃特说。

"我只是个律师。"律师宣布，目光流连在那些墙垛一样防守着事务所的土黄色法律书上。

"现在可能已经被车给压扁啦。"

"听着，"舅爷爷说，"他从头到尾都在拿我写那文章。偷偷给我，他的亲人，做测试，从后门溜进我的灵魂，然后对我说，'舅舅，你是一种几乎绝种的类型！'几乎绝种！"老头声嘶力竭，喉管里勉勉强强挤出一丝声音："你倒是瞧瞧我咋个绝种法！"

律师又闭上眼睛，皮笑肉不笑的样子。

"找其他律师。"老头吼道，他们出门接连又找了另外三个律师，塔沃特数到了十一个有可能戴着他的帽子的人，当然也有可能不是。最后，他们走出第四个律师事务所，坐在一家银行的矮窗台上，舅舅在口袋里摸到几块随身带来的饼干，递给塔沃特一块。老头吃着东西，解开外套，让大肚子挺出来，搁在大腿上。他脸上的肉愤怒地抽搐着；麻点儿当中的皮肤好像正从一个点子跳到另一个点子。塔沃特脸色惨白，眼神显得分外空洞，深不可测。他在脑袋上蒙了一块旧手巾，四角各打个结儿。路过的人们这会儿打量起他来了，但他却没注意到。"感谢上帝我们忙完了，可以回家啦。"他嘟囔道。

"我们在这儿的事还没办完。"老头说着猛地站起身，走上街头。

"上帝啊！"小孩语带不满，跳起来追他。"我们不能坐一会儿吗?你疯了吗?他们跟你说的话都是一样的。只有一个法律,你可没办法改它。我的脑子都能听懂;你为啥就不能?你到底咋啦?"

老头迈开了大步,脑袋往前伸着,好像嗅出了什么敌人似的。

"我们去哪儿?"塔沃特问。他们走出商业区,现在路两侧都是成排的灰色房子,球茎植物一样,黑乎乎的门廊悬挑在人行道边。"听着,"他捶着舅爷爷的屁股说,"我可没有要来。"

"你很快就会想再来的,"老头嘟囔道,"你现在就知足吧。"

"我从来没要满足过什么。我根本没要求来。我来之前根本不知道这是什么地方。"

"回想下,"老头说,"回想下,你要来的时候,我告诉过你要记好了,你真到了这儿肯定不会喜欢,"他们不停地走着,穿过长长的一条又一条人行道,经过一排又一排门廊悬挑到人行道上方的房子,它们都半开着门,让一点干巴巴的光线照进里头脏兮兮的玄关。最后他们走进另一片区域,这里的房子干干净净、矮矮方方的,样子都差不多,每幢前面都有一片草地。过了几个街区,塔沃特瘫坐在人行道上说:"我一步也不走啦。都不知道要去哪儿,我一步也不走啦。"舅舅没停下,也没回头。立刻他跳起来又跟上去,生怕被落下。

老头不停地朝前迈进,好像嗅到的血腥味儿正带着他越来越挨近敌人的藏身处。突然他拐上通向一幢浅黄色砖房的短车道,木然地走向那扇白门,沉重的肩膀拱起来,好像打算一头撞进去似的。他捶着木门,对一个亮闪闪的黄铜门环视而不见。这时塔沃特意识到这就是教书匠的住处,他停下脚步,浑身紧绷,紧盯着房门。某种莫名的本能告诉他，门快开了，将要揭示出他的命运。他的心灵之眼仿佛看到教书匠正走向门口，人瘦瘦的、一身邪气，准备跟上帝派来征服他的人干架。小孩咬紧牙关，免得牙齿打战。门开了。

一个粉色脸蛋的男孩站在门口，嘴巴张着，露出一副傻呵呵的笑容。男孩一头白发，额头鼓突。一副银边眼镜戴在脸上，眼珠是淡银色的，跟老头一样，只不过更为清澈空洞。他正在啃着一个发黑的苹果核。

老头瞪着他，目瞪口呆地咧着嘴，像是撞见了一个无法言说的秘密。小孩发出一阵不知所云的声音，把门关得只留下一道缝隙，人躲在后面，正好露出眼镜片底下的一只眼珠子。

突然一阵巨大的怒火就攥住了塔沃特。他盯住那张从门缝往外看的小脸。他在脑海中疯狂搜索，想找个恰当的词砸向它。最后他慢慢地，一个字一个字说道："有你之前，我就在了。"

老头抓住他的肩膀，把他往回拽。"他脑袋不好使，"他说，"你看不出来吗，他脑袋不好使？他听不懂你的话。"

小孩更加怒不可遏。他猛地扭身想要跑开。

"等等，"舅舅拉住他，"到那边的篱笆后头，躲起来。我要进去给他施洗。"

塔沃特惊得目瞪口呆。

"照我说的躲到那后头去。"老头说着把他朝篱笆推了一把。接着，老头吸了口气。他转身朝门口走去。刚走近，门开了，一个戴黑边厚眼镜的瘦高年轻人站在后头，脑袋耷拉着，怒视着他。

老塔沃特举起拳头。"我主耶稣基督派遣我来给那娃娃施洗！"

他高喊道,"让开。不得阻挠!"

塔沃特从篱笆后头探出脑袋。他屏住呼吸,把教书匠看了个够——瘦骨嶙峋的窄脸,下巴突出,脸的其余部分则朝后缩去,额头高耸,发际线已经后退,眼睛上箍着酒瓶底镜片。白发娃娃抱住爸爸的腿,全身挂在上面。教书匠把他朝后一把推进房里,自己走到屋外,砰的一声把门在身后关上,自始至终怒视着老头,仿佛在挑战他出手。

"那娃儿呼唤着要受洗哟,"老头说,"我主眼中,就算白痴也宝贵!"

"滚出我家,"侄子语气强硬地说,又仿佛在极力保持克制,"不滚的话,我就把你送回疯人院,那是你该去的地方。"

"你不可触碰主的仆人!"老头喊道。

"从这里滚出去!"侄子失控地嚷道,"倒是问问主,为啥要把他造成一个白痴吧,舅舅。告诉他我想知道为什么!"

小孩心跳得飞快,他简直担心它要冲出胸膛,一去不返。现在他的脑袋和肩膀都从灌木丛里露了出来。

"你不得发问!"老头吼道,"你不得打听我主万能上帝的想法。你不得将我主嚼碎塞进脑袋,然后吐出变成一个数儿!"

"那男孩在哪儿?"侄子突然四下打量着问道,好像刚想起这事。"你打算培养成一个先知,好把我的双眼烧灼净化的那男孩在哪儿?"他笑了起来。

塔沃特埋头躲进灌木丛,突然间讨厌起教书匠的笑声,它好像贬低着他,把他贬得微不足道。

"他的日子将要到来，"老头说，"要么他，要么我，将要给那孩子施洗。我在我的日子里若不能，他在他的日子里将做到。"

"不许你动他一根指头，"教书匠说，"就算你往他身上泼水一直泼到他死，他都是个白痴。即便永生也只能是五岁，永远是废人。听着，"他说，小孩听到他紧张的声音变低了，一种和老头能量相当但性质却完全相反的激情被压抑住了，"他不能受洗——这是原则问题，没得商量。他永远不能受洗，这是人表示尊严的一种方式。"

"给他施洗之手自会出现。"老头宣布。

"自有分晓。"侄子说着，打开身后的门走进去，砰的一声关上。

小孩从灌木丛里站起身子，激动得头昏目眩。他后来再没回过那里，再也没见过表弟，再也没见过教书匠，他对上帝祈愿，他告诉和他一起挖墓的陌生人，说但愿再也不用见教书匠了，虽说他本人对他没啥意见，而且要是非得杀死他，他也是勉为其难的，不过要是他真跑来，为着个法律规定就要来找跟他毫无关系的东西的麻烦，那他可就没法不干掉他啦。

听着，陌生人说，他能跑来这儿要啥呢——这儿啥也没有啊？

塔沃特没理他。他没看清陌生人的面孔，不过现在他知道，那是一张尖刻、友好又智慧的脸，藏在一顶硬邦邦的宽檐儿巴拿马草帽的阴影中，所以眼睛的颜色倒看不大清。他已经不再想到那声音就不喜欢了。只是时不时地，它听起来还是很陌生。他渐渐觉得，他只是在跟自个儿会面罢了，就好像只要舅舅还活着，他就被剥夺了跟自个儿相识的机会似的。我不否认老头是个好人，他的新朋友说，但正如你说的：没有比死人更可怜的家伙啦。他们根本没得选啊。

27

他的灵魂已经离开这片凡人的尘世,他的身体不会因为火或别的任何东西感觉到痛啦。

"他在乎的是最后的审判日嘛。"塔沃特嘟囔道。

那好,陌生人说,你想想,一九五二年你竖个十字架,等到审判日那年,不早烂了吗?烂得跟他的灰一样,要是你把他烧成灰的话?我倒来问你一句:那些淹死在海里的水手们,被鱼吃掉,吃他们的鱼被别的鱼吃,它们又被别的鱼再吃掉,上帝要拿这样的水手们咋办?家里失火被烧死的那些人又咋办?因为这个那个原因被烧死,或者被卷进机器绞成肉酱的人呢?还有那些给炸得粉碎的大头兵呢?所有那些根本没剩下什么尸骨可以烧掉或埋掉的人呢?

要是我烧掉他,塔沃特说,那就不是意外的了,那是故意的。

哟我懂啦,陌生人说。你操心的不是审判日的时候他会怎样。是审判日的时候你会怎样。

不关你事,塔沃特回答。

我不是要多管闲事,陌生人说。我才不在乎呢。在这空荡荡的地儿,就剩下你一个。在这空荡荡的地儿,永远就只剩你一人,和你做伴的,只有那个全凭自己心情施舍些阳光的小太阳。在我看来啊,你对任何人都是啥也不是。

"那也只有得到救赎的人才算。"塔沃特嘟囔道。

你抽烟吗?陌生人问。

想抽就抽,不想抽就不抽,塔沃特说。需要的话就埋,不需要就不埋。

去瞧瞧呗,看看他有没有从椅子上滑下来,他的朋友提议。

塔沃特把铲子往墓穴里一丢，回到房子。他把前门打开一条缝，拿眼睛朝里面看。舅舅正睥睨着一旁，好像法官在研究什么可怕的证物似的。小孩飞快地关上门，回到墓穴旁，尽管直淌汗，衬衫都黏在后背上，还是觉得冷。他又挖了起来。

教书匠对他来说太聪明啦，就是这么回事，陌生人过了会说。你记得很清楚，老头说在教书匠七岁时就拐走过他。老头当时去城里，把七岁的教书匠哄出自家后院，带他到了这里，给他施洗。那又怎样了呢？啥结果也没有。教书匠根本无所谓有没有受洗。受不受洗他才不在乎。他也不在乎有没有得救赎。他在这儿就待了四天；你却待了十四年，眼看还得在这儿一直待到死。

你知道他一直就是个疯子，他继续道。他也想把教书匠变成先知来着，可教书匠对他来说太聪明啦。给他溜走了。

那是有人来带走了他，塔沃特解释道。他爸过来把他弄回去了。没人来带我回去。

教书匠亲自来找你来着，陌生人说，然后腿上耳朵上挨了枪，遭了罪。

我那会一岁还不到啊，塔沃特说。小婴儿又没法自己走开。

你现在不是什么婴儿啦，他的朋友说。

他一直在挖，墓穴却好像丝毫不曾加深。看着这位大先知，陌生人乐了，躲在斑斑点点的树荫下打量他。你倒是发几个预言我听听嘛。真相是主根本没在考虑你。你都没进到他脑袋里。

塔沃特猛然转身，换到另一头挖，那声音依然从他身后飘来。不管哪位先知，总要有人来听他的预言吧。除非你就打算给自己发预言，他说——或者去给那弱智娃娃施洗，他极其挖苦地补充道。

说到真相，他过了一分钟又开口道，真相是你其实和教书匠一样聪明，说不定更聪明。因为他有人——他爸他妈——来告诉他老头是疯子，可你没有任何人告诉你啊，你自个儿就琢磨出来啦。当然，你花的时间比较长，但得出的结论也是正确的：你知道他是个疯子，过去这些年一直都是，虽说没给关在疯人院里。

或者他就算其实没疯，也差不离啦：他脑袋里只有一件事。他是个只有一个念头的家伙。耶稣。耶稣这个耶稣那个的。在这十四年里，为了附和他的愚蠢，你难道不是把耶稣堵到了嗓子眼，而自己也恶心到顶了？我主我的救主啊，陌生人叹息道，就算你没有，我都够了。

顿了顿，他又开了口。我觉得吧，他说，你可以做个二选一。只能选一个，不能都选。没人能两个都选又不把自个儿逼疯的。你可以选其中一样，或者选另一样。

耶稣还是魔鬼，小孩说。

不不不，陌生人回答，没有什么魔鬼这种事哟。我可以用亲身经历给你打包票。这一点我可以肯定。不是说在耶稣和魔鬼之间做选择。而是耶稣和你之间。

耶稣和我，塔沃特重复道。他放下铲子歇口气，思索着：他说教书匠是满心情愿地来的。他说他就那么走到教书匠家的后院，对着在那儿玩的教书匠说，你我两个去乡下待一阵吧——你得重生才成。我主耶稣基督派我来完成这事。教书匠就站起身，拉住他的手，一声没吭跟他走了，他说教书匠待在这儿的整整四天里，都表示希望他们不会来找他。

嗯，一个七岁小孩还能怎样，陌生人评论道。你总不能指望一个小孩还能有啥别的想法。他一回城就明白过来啦；他爸告诉他，老头是个疯子，他教的一个字也别信。

他可不是那么说的，塔沃特回答。他说教书匠七岁时是很有灵气的，只是后来枯竭啦。他爸是头蠢驴，不配养大他，他妈是个妓女。她十八岁那会儿从这里逃了出去。

用了那么长时间？陌生人不敢相信地评论道。天啊，她还真是头蠢驴了。

舅爷爷说他讨厌承认自家亲妹妹是个妓女，可不得不这么承认，不然就是扯谎了，小孩说。

嘘，你自个儿心里明白，承认她是个妓女，他心里可快活了，陌生人指出。他永远在承认别人是头蠢驴或者是个妓女。先知嘛就会这一套——承认别人是头蠢驴或者是个妓女。再说，他狡猾地问，你知道什么妓女不妓女的吗？你遇到过她们中的哪位吗？

我当然知道她们那些人是怎么回事，小孩回答。

《圣经》里面全是她们。他知道她们是干什么的，知道她们一般会是什么下场，就像耶洗别被狗群发现时东一条胳膊西一条腿的一样[1]。舅爷爷说，小孩的母亲和外婆也差不多是一样下场。她俩和他祖父都死于一场车祸，全家只剩下教书匠，还有塔沃特，因为他母亲（未婚、无耻）在车祸之后没多久就生下了他，然后就死了。

---

1. 事见《旧约·列王纪下》第9章。

他出生在车祸现场。

小孩对于自己出生在车祸现场分外自豪。他一直认为这让他与众不同,由此相信上帝对他的安排是有别于常人的,虽说迄今为止他还没遇到什么像样的迹象。经常,走在树林里,看到哪丛灌木离别的灌木有点远,他就会突然喘不过气,会停下来,等待它迸出火焰。不过这个一直都还没真正发生过。

舅舅好像从不在乎他出生的方式有多重要,只在乎他的重生。老头经常问他,为啥上帝要从一个妓女的子宫里把他救出来,让他看到白昼的光亮,以及,既然已经这么救了他一次,上帝为啥还要救第二回,让他由舅爷爷给施洗了,从而得享基督之死,然后,既然已这么救了他两次,为何又要救第三回,让他被舅爷爷救出教书匠之手,带到这乡间树林,被传授着真理长大。这都是因为啊,舅舅说,虽说他是个混球,可上帝想要他被培养成一位先知,在舅爷爷死后取代他的位置哟。老头把他俩比作以利亚和以利沙。[1]

好啊,陌生人说,我猜你知道她们那些人是怎么回事。不过还有好多你不知道的。你尽管随意好啦,走他的路。以利沙继承以利亚,就像他说的。不过我倒要问问你了:上帝的声音在哪里?我可没听到它。今天早上谁召唤你了?或者别的早上有吗?你收到该如何做的启示了吗?你今天早上连打雷的声音都没听到吧。天空一丝云彩都没有啊。我明白啦,你的问题,他总结道,在于你就那么点头脑,只能相信他告诉你的每一个字。

---

1. 以利亚、以利沙均是以色列的先知,以利沙继承了以利亚的先知职事。事见《旧约·列王纪上》17—21章,《旧约·列王纪下》1—2章。

日头当空悬着，完全静止了一样，好像屏住呼吸就等正午前的时光熬完。墓穴大概有两英尺深了。得挖十英尺，记住哟，陌生人说着乐了。老头们都自私。你可别指望他们什么。对任何人都别指望，他补充道，淡淡叹了口气，活像一股沙子被风突然掀起又落下。

塔沃特抬起头，看到两个人影越过田地而来，是两个黑人，一男一女，两人手指上都钩着个空坛儿。女人个子高高，像个印第安人，戴顶绿色遮阳帽。她毫不迟疑地弯身钻过篱笆，穿过院子朝墓穴走来。男人抬手按下铁丝，伸腿迈过篱笆，紧跟其后。他们都盯着那洞，一直走到它边上，带着吃惊又满足的神情，低头打量新挖开的地面。男的叫巴福德，他的脸皱皱巴巴的，比他的帽子还要黑。"老头走啦，"他评论道。

女人抬起头，发出一声缓慢悠长的哀号，刺耳、隆重。她把坛儿搁地上，抱住胳膊，又举手向天，再度哀号起来。

"叫她住嘴，"塔沃特说，"现在这儿归我了，我不要黑佬哭丧。"

"我连着俩晚看到他的魂来着，"她说，"俩晚都看到了，他没安息呐。"

"他今天早上才死的，"塔沃特说，"你们要是都想把坛子灌满，就交给我，我走开的时候给我挖地。"

"他已经预言自己升天好多年啦，"巴福德说，"她有好几个晚上做梦梦到他，他不得安息。我跟他是熟人啊。其实我跟他非常熟。"

"可怜的甜心小宝贝，"女人对塔沃特说，"现如今在这没人烟的地儿，你一个人打算咋过哟？"

"自有安排。"小孩一把从她手中抓过坛子。他拔腿就走，踉跄了下差点跌跤。他大踏步穿过后院的田地，朝空地周围的那圈树走去。

小鸟儿们为躲开中午的太阳，已经钻进树林深处，一只画眉藏在前方某处，一遍遍叫出同样的四个音符，每次叫完都暂停一下，中间的沉寂显得特别长。塔沃特越走越快，渐渐慢跑起来，很快就像被狩猎的动物一样飞奔着，冲下铺满松针的山坡，又攀住一根根树枝，气喘吁吁跑上滑溜溜的斜坡。他横冲直撞穿过一片金银花藤，越过一条几乎干涸的砂质小河床，沿着一面高高的黏土河岸上滑下去，后者可以充作一个小水湾的背壁，老头在那里藏着剩下的酒精。他把酒藏在岸边的一个洞里，用块大石头挡着。塔沃特用力把石头拖开，陌生人俯身在他肩头，喘息道：他疯了！他疯了！就是这么回事，他疯了！

塔沃特把石头挪开，拖出一个黑罐，抱着它坐在河岸上。疯了！陌生人低声道，瘫坐在他身边。

太阳又出现了，一个愤怒的白人一样，在藏宝地一带的树梢后头悄悄挪动。

一个七十岁的人，带个婴儿到乡间树林，把他养大！要是他在你四岁而不是十四岁时死掉咋办？那样的话你能把麦芽浆弄进蒸馏器，养活你自个儿吗？我可从没听说哪个四岁小孩会用蒸馏器的。

我可从没听说过哟，他继续道。你对他来说啥都不是，就是个到时候可以长得够大来埋他的工具罢了，现在他死啦，不用管你了，可你还得把两百五十磅的他埋进地里。而且，要是让他看到你喝一滴酒，别以为他就不会气得像个煤炉似的浑身滚烫，他补充道。虽说他自个儿在这方面也有弱点。他再也受不了上帝的时候，就会把自个儿灌醉，什么先知不先知的都抛脑后了。哈。他没准会说这样你会伤身体，可其实他意思是你没准会喝得太多，可就没法好好埋他啦。他说他带你来这里，按着规矩养大，其实这规矩的意思就是：到时候，你可得好端端的，这样才能埋了他，让他有一个十字架标识他在哪儿。

一个用蒸馏器的先知！他真是我听说过的唯一一个靠着酿私酒过日子的先知了。

过了一分钟，小孩从黑罐里喝了一大口，陌生人声音柔和了许多，说道，好吧，喝一点也无妨。适量饮酒不伤身。

一只烧灼的胳膊从塔沃特的喉管滑下，仿佛魔鬼已经进入体内，要攥住他的灵魂。他瞟着那愤怒的太阳，它还在树梢后头缓缓挪动。

放松点，他的朋友说。你记得那些个黑佬福音歌手吗，你有一次见过他们，全都喝醉了，绕着那辆黑色福特车又唱又跳？耶稣啊，要不是肚里装了酒，他们就算得到救赎了也不会有一半开心。我要是你的话，才不会太操心救赎的事。有人就是样样事情都太操心。

塔沃特喝得慢了一些。之前他只醉过一次，那回舅舅用一块板子揍了他，说酒会让小孩烂肠子，那又是他胡扯的了，塔沃特的肠子并没有烂掉。

你该明白啦，他善良的朋友提醒道，你这辈子都被老头给骗啦。你过去十四年里本该是个城里人。可其实，你什么人也见不着，只能跟他做伴，你住在这片光秃秃地儿中间的一座两层楼牲口棚里，自打七岁起就跟在驴子和犁后头干活。你又怎么能知道他给你的教育是正经的呢？没准他教你的是一种根本没人用的数字系统？你怎么知道二加二等于四？四加四等于八？没准别人不这么认为哟。你怎么知道是不是真有个亚当，或者耶稣一旦拯救了你，就会解决你的难题？或者，你怎么知道他真干了这事？啥都没有，只有那老头的话，而且现在你很清楚啦，他是个疯子。至于审判日嘛，陌生人说，每天都是审判日。

你还不够大，还没自个儿琢磨出来这一点吗？你在做的每件事，你做过的每件事，难道不是立刻就对错分明的，而且通常都不用等到太阳落山吗？你能躲过什么事吗？不，你从来不认为能躲得过吧。你没准可以把酒全喝了，反正已经喝了这么多。禁酒线一旦越过了，就没差别啦。你这会儿从天灵盖一路往下旋转的感觉，是上帝的手在祝福你哟。他已经给了你释放令啦。老头就是挡在你门口的石头，上帝把它滚走啦。当然，他没把它滚多远。你得自个儿把这事做完，不过他已经把主要部分完成啦。赞美他吧。

塔沃特双腿没有了任何感觉。他打了一会儿盹，脑袋歪一边，张着嘴，罐子歪在大腿上，酒缓缓沿着吊带裤一侧淌下。最后只剩罐子口挂着一滴酒，慢慢聚成形、变大、滴落，悄然无声、不慌不忙、饱吸阳光。明亮平整的天空渐渐黯淡，被云朵弄得粗糙起来，直到影子都融为一体。他朝前一个趔趄，醒了，双眼一会儿迷糊一会儿清楚地瞪着个玩意儿，貌似一块烧焦的抹布挂在眼前。

巴福德说："你这样可不该。老头不该得这对待。死者还没埋，不得休息哟。"他蹲在脚后跟上，一只手抓着塔沃特的胳膊。"我走到门口,瞧见他坐在桌边,都没给放平躺在个板子上。你要是打算让他过夜,应该把他放平躺下,胸口撒点盐。"

小孩眯缝起眼睛,好看清眼前的形象,突然间他看出了两只充血鼓胀的小眼睛。

"他该给葬进一个配得上他的坟墓,"巴福德说,"他这辈子虔诚啊,他信耶稣的苦信得虔诚啊。"

"黑佬,"小孩费劲地挪动肿胀陌生的舌头说,"把手从我身上拿开。"

巴福德抬起手。"他该得安息,"他说。

"等我处理完,他会安息的,"塔沃特含糊其辞道,"走开,别烦我。"

"没人会来烦你。"巴福德说着站起身。他弯腰低头,打量着软瘫在河岸上的人影,等了一会儿。小孩脑袋后仰,枕着一块黏土墙上突出来的树根。他张着嘴,上翻的帽檐在额头上压出一道横线,位置就在半睁半闭、目光涣散的双眼上方。他颧骨突出,细细窄窄,活像"十"字的两横,其下的凹陷显得沧桑,仿佛皮肤里这小孩的头骨跟世界一样古老。"没人会来烦你,"黑人嘟囔道,头也不回地穿过金银花墙走开,"那才是你的麻烦哟。"

塔沃特又闭上眼睛。

有只夜鸟在近处怨声怨气地鸣叫,吵醒了他。不是什么扎耳的声音,只是一阵断断续续的嗯嗯声,好像鸟儿每次重复自己的伤心事,都要回想一下似的。浮云颠簸地飞过黑色天空,一轮粉月起伏不定,似乎跃上来一英尺,又落下去,再跃上来。他立刻明白过来,这是因为,天空正在下降,飞速压下来,想闷死他。鸟儿尖叫着,及时逃走了,塔沃特摇摇晃晃跑进小河床里,趴在地上。月亮倒映在沙子中间的几小片水面上,像苍白的火焰。他立起身来,扑向金银花墙,撕扯着穿过它,他已经分不清周身是熟悉的香甜气味还是碾压下来的沉重感觉。他钻到花墙另一侧,站直了,黑色地面微微摇晃起来,又把他摔倒在地。一道粉色闪电照亮树林,他看到黑色树影从地面上刺出,四面八方将他包围。夜鸟在它停下的某处密林里又开始嗯嗯地诉说起来。

他爬起身,朝着空地,一棵树一棵树摸索着走过去,树干摸上去又冷又干。远远有雷声,不断有苍白的闪电照亮树林各处。他终于看到那小屋,荒凉乌黑、高高伫立在空地当中,粉月颤抖着低悬其上。他蹒跚走过沙地,双眼像敞开的光焰之洞一样闪烁,身后拖拽着压扁的影子。他不曾扭头去看挖着墓地的院子那头。他在房子后部远远的角落停住、蹲下,打量着堆在房子下面的零碎、鸡笼、木桶、破布和箱子。他口袋里有一小盒火柴。

他钻进房子下面,点起小小的火来,一簇又一簇,一路爬到前廊再钻出来,身后留下的火焰贪婪地啃噬着干燥的引火物和房子地板。他穿过前院,穿过犁沟遍地的田野,头也不回,一口气跑到对面的树林里。他回过头,看到粉月已经坠进小屋屋顶,即将爆炸,他跑了起来,身后的大火中间,有两只鼓突的银色眼睛震惊无比、不断膨大,逼迫着他匆匆穿过树林。他听到大火在黑夜中一路碾来,仿佛一架飞驰的战车。

临近午夜,他跑到公路边,搭了一个工厂销售员的车,那人在东南部到处兜售铜烟管,他给沉默的男孩提了个建议,自称这建议对所有到世界上为自己寻找位置的年轻人是最棒的了。他们在黑色笔直的公路上飞驶,两侧都是黑色树墙,推销员说,你没办法卖铜烟管给一个你不爱的人,这可是经验之谈。他是个瘦瘦的家伙,一张窄脸,磨得似乎只剩些最深的绝望。他戴顶硬邦邦灰色宽檐帽,是那种希望显得像牛仔的商人们喜欢戴的帽子。他说百分之九十五的时间里爱是唯一的策略。他说他向一个人推销烟管时,首先会问候那人太太的健康,问问他孩子们怎样。他说他有一个本子,上面记着所有客户家人的名字,以及他们的疾病。某人太太得了癌症,他便把她的名字记在本子上,后面写上"癌症",并且每次去那人的五金店都会问候一下她的情况,直到她死;然后他划掉癌症两字,写上"去世"。"他们死了,我都会感谢上帝,"推销员介绍道,"又少了一个要记住的人。"

"你不欠死人什么,"塔沃特大声说道,这是他上车后差不多头一回开口。

"他们对你也一样,"陌生人说,"这世界就该这样——谁也不欠谁什么。"

"你瞧,"塔沃特突然朝前倾下身去,脸靠近挡风玻璃说,"我们走错方向啦。我们在朝来时的方向开回去。又是大火了。就是我们离开的那场大火!"

他们前方,天空呈出淡淡的光亮,亮得很稳定,并非闪电所致。

"那是我们刚才离开的大火!"小孩高声说。

"孩子,你傻了不成,"推销员说,"那是我们要去的城里哟。那是城市灯光的亮光。我猜这是你头回出门吧。"

"你开回头啦,"小孩说,"是同一场大火。"

陌生人猛地皱起面孔,沟壑深深。"我这辈子从不回头,"他宣布道,"我也不是从什么大火开过来的。我住莫比尔大道。我很清楚自己的方向。你这是什么毛病?"

塔沃特呆望着前方的光亮。"我睡着了,"他嘟囔道,"我刚醒。"

"你该好好听我说才对,"推销员说,"我讲的都是你该知道的事。"

第二章

要是小孩真的相信他的新朋友,这位叫米克斯的铜烟管推销员,他就该接受米克斯的提议,让他把自个儿直接带到舅舅家门口再放下。米克斯特地打开车里的灯,让他爬到后座上去翻找电话号码簿,塔沃特抓着本子爬回来,推销员又教他如何找到舅舅的名字。塔沃特在米克斯的一张名片背后抄下地址和电话号码。米克斯的电话号码印在另一面,他说塔沃特随便什么时候,想借点钱或者要帮忙都可以打这电话。米克斯花了大概半小时得出结论,这小孩脑袋坏得可以,也笨得可以,正好来当个非常勤劳的小工,他就缺一个又笨又有劲的男孩来打下手。不过塔沃特推托了。"我得去找这个亲舅舅,他是我唯一的亲人。"他声称道。

米克斯从这小孩的模样就能看出他是离家出走的,逃离了妈妈,没准还有酒鬼爸爸,说不定还有四五个兄弟姐妹,他们一准住个两间屋小破房,就坐落在公路边的哪片光秃秃空地上,他搭车是想去闯闯大世界，而且从一身臭气来判断，事先准灌了不少酒壮胆。他根本不信他有个什么舅舅住在这样体面的地址。他觉得小孩只是随手点在这个叫雷伯的名字上，然后胡扯，"就是他，一个教师。我舅舅。"

"我带你去他家门口，"米克斯老狐狸一般提议道，"我们穿城时路过那里。我们正好要从那儿走。"

"不用。"塔沃特说。他在椅子上俯身向前，透过车窗打量堆着废弃车辆的小山。朦胧的黑暗中，它们似乎淹没在大地里，差不多半埋入土。城市悬在它们前方的山坡上，本身仿佛也是这堆废物中的一大块，只是尚未深埋。它的火光已经褪去，俨然深嵌于不可分拆的部件当中。

小孩打算天亮再去找教书匠，他打算一去就开门见山，表示他来可不是为了给人观察，或者给个什么教书匠杂志做研究的。他试着回忆起教书匠的面孔，以便在会面之前，先在脑海中把他藐视一番。他觉得把这位新舅舅多回忆起一点，后者就少一点占他上风的可能。那脸在他脑海中不容易拼凑，虽说他记起那突出的下巴和黑框眼镜。他想不起来的是眼镜后头的眼睛。他记不得它们，而舅爷爷颠三倒四的形容又漏洞百出的。老头有时候说侄子的眼珠子是黑的，有时候又说是棕色。小孩不断试图想象出配那嘴的眼睛，配那下巴的鼻子，可每次他以为拼出来一张脸，一下它又四分五裂了，他只好从头开始再拼一张。倒像是教书匠跟魔鬼一样可以随心所欲变换模样似的。

米克斯正在跟他吹嘘工作的价值。他说这可是他的人生经验，你想进步，就得工作。他说这是生命的法则，想绕过它可没门，因为它刻在人类心灵之中，就像"爱你的邻居"一样。他说这两条法则共同推动了世界，任何人想要成功，赢得幸福之果，只要知道这两条法则就够啦。

小孩正好不容易拼凑出一双像样些的教书匠眼睛，没顾得上听这番教诲。他看到眼睛是深灰色的，饱含学问，若有所思，学问闪动着，仿佛水潭中的树影，表层之下，没准深处有只蛇一晃而过、倏忽不见。他养成了个习惯，随时抓住舅爷爷说到教书匠样貌时的自相矛盾。

"我忘了他眼睛的颜色啦，"老头会厌烦地说，"反正我知道他的样子，颜色有啥要紧呢？我知道那后头有啥。"

"后头有啥？"

"啥也没有。他整个儿就是一个空壳子。"

"他知道好多东西，"小孩说，"我觉得他没啥不知道的。"

"他不晓得有啥是他没法知道的，"老头说，"那正是他的问题。他以为要是有啥是他搞不懂的，准有个比他聪明的人会告诉他，然后他就能懂了。要是你去他那儿，他会干的头一件事就是测测你的脑瓜，告诉你你在想什么，为什么会想它，以及其实你应该想啥。很快你就不再归你自个儿啦，你就归他啦。"

小孩可不打算允许这种事发生。他对教书匠很了解，一定会小心提防。他完完整整地知道两段历史，一段是始于亚当的世界史，另一段是教书匠的历史，始于他妈，老塔沃特唯一的亲妹妹，她十八岁上从鲍得海德逃走啦，变成了——老头说他可不避讳什么，哪怕对个孩子——一个妓女,直到她遇到个姓雷伯的男人,那人乐意娶个娼妓。至少每周一次,原原本本地,老头一准要重拾这段历史,一直讲到结局。

他妹妹和这个雷伯生了两个孩子,一个是教书匠,另一个是个女孩,就是塔沃特的妈,而且,老头说,她也步了亲妈的后尘,十八岁上就成了娼妓。

老头对于塔沃特的出生有不少可说的,因为教书匠告诉他,是他亲自给妹妹找了这第一个(也是最后一个)情人,因为他觉得这会有助于提升她的自信。老头说到这,总会模仿教书匠的声调,那模样,小孩觉得没准比真实的更蠢。老头会歇斯底里勃然大怒,因为搜肠刮肚也找不到足够的话来斥责这种蠢行。最后他只好放弃尝试。那情人车祸之后开枪自尽啦,教书匠倒是因此落得个轻松,因为他打算自个儿养大这娃娃。

老头说既然在他人生之初魔鬼起了这么大一个作用,也就不奇怪他会瞄上这娃娃,打算趁着自个儿还在这世界上的时候,紧盯住他不放,好让这个他帮忙炮制出来的灵魂将来在地狱里永远侍奉他。"你是那种男孩,"老头说,"魔鬼会一直设法来对你献殷勤,给你抽根烟,给你喝口酒,让你搭个车,或者来帮你个忙。你最好小心防着陌生人。别跟人多啰唆。"上帝特地关照他的成长,就是为了挫败魔鬼对他的阴谋。

"你打算干哪行啊?"米克斯问。

小孩置若罔闻。

教书匠将妹妹引向邪恶并大获成功,老塔沃特竭尽全力想让自个儿妹妹忏悔却一无所获。他用尽办法,在她从鲍得海德逃走后始终跟她保持联系;可即便结了婚,她也不肯听一句要她得拯救的劝。他被她丈夫赶出她家门两回——每次都有警察帮忙,因为那个丈夫是个手无缚鸡之力的家伙——可是上帝不断督促他再回去,哪怕面对要进监狱的威胁。他进不去那房子,就站在门外高喊,她只好放他进屋,免得引起邻居注意。邻居小孩会围过来听他,她就不得不放他进屋啦。

老头总说,教书匠有那么个爹,难怪自个儿也好不到哪去。那人是个卖保险的,脑袋上歪着顶草帽,抽雪茄,你跟他说他的灵魂处于危险之中,他却向你兜售个什么万能险。他说他也是个先知,一个寿险先知,因为啊,他说,每个头脑清楚的基督徒都知道自己有责任保护家人,为他们遇到意外时提供保障。劝他是没用的,老头总结道。他的脑袋跟眼珠一样滑溜,真理没法浸润进去,就像雨水泡不透锡皮罐。教书匠靠着塔沃特家的血统,至少稀释掉一些他爹的污秽。"他身上有好血统,"老头说,"好血统自然识得我主,对此他可没办法阻挡。他决计找不着法子摆脱它。"

米克斯突然用胳膊肘捅捅小孩体侧。他说要是有啥是一个人必须明白的,那就是年纪大的人给他提好建议的时候,最好乖乖听着。他说他自个儿就是社会大学毕业的,得了个血训学位。他问小孩知不知道什么是血训学位。塔沃特摇摇头。米克斯说,就是血的教训学位的意思。他说这学问来得最快,记得最牢。

小孩转头看向窗外。

一天老头的妹妹背叛了他。他习惯周三下午去她家,因为那天下午做丈夫的要打高尔夫球，她总是一个人在家。那个周三下午她没开门，可他知道她在家，因为他听到脚步声。他捶了一阵门警告她，可她没开门，他叫嚷起来，既冲着她，也是冲着所有听得到的人。

他跟塔沃特讲这事的时候，总会跳起来，在空地上嚷嚷开，发布着预言，就像那天在她家门口一样。对着小孩这唯一一个听众，他总会挥舞胳膊怒吼："尽管无视我主耶稣好了！吐出生命之饼，对着生命之蜜作呕吧。定受苦役的，必尝苦役！定受血祸的，必遭血祸！定陷淫欲的，必陷淫欲！快吧，快吧。越来越快地飞吧。发疯一样绕圈吧，时候不早啦！上帝在准备 位先知。上帝在准备一位先知，他手里眼里有火，这位先知带着警告，正朝城市而来！先知要带来上帝的口信。'去警告上帝之子们'上帝说，'仁慈将以可怕的速度垂临。'谁能躲得过？上帝的仁慈施下之时，谁能躲得过？"

他冲着环绕四周的寂静树林嚷叫个没完。趁着他发疯，小孩会抓起短枪，举到眼前，试着瞄准，不过有时舅舅疯得太厉害了，他会从枪上抬起头，一脸的紧张不安，好像虽说他心不在焉，但老头的话还是一个字一个字落进他心里，又悄无声息地藏匿在他的血液中，然后悄悄朝向某个自己的目标挪动。

舅舅会不停地发预言，直到精疲力竭，然后砰的一声倒在凹陷的台阶上，有时得过五到十分钟才能继续讲妹妹背叛他的事。

不论何时他讲到故事的这一节，都会突然变得上气不接下气，好像正奋力跑上山坡。他脸会涨得更红，声音变得更嘶哑，有时干脆根本发不出声，他就那么坐在台阶上，捶着门廊地板，嘴唇翕动，可什么声音都发不出。最后他会尖叫出来,"他们抓住了我。两个人。从后头,门背后。两个人。"

他妹妹弄来两个人和一个医生藏在门后听着,还备好送他去疯人院的文件,只要那医生认定他是疯子。等他明白过来是怎么回事,他在她家里发作了一回,活像头瞎眼公牛,把所有东西砸得粉碎,那两个人和那医生,再加上两个邻居,合力才把他按住。医生说他不仅是疯子,而且非常危险,他们给他穿上紧身衣,关进疯人院。

"以西结在坑中待了四十天,"他会说,"可我待了四年。"他说到这里会停下,警告塔沃特说,我主耶稣的仆人还会遇到比这更糟的。小孩看得出确实如此。不过不管他们现在的所得是多么菲薄,舅舅说,到头来他们的报酬将会是我主耶稣本人,生命之饼!

小孩会产生一个可怕的幻觉,看到自个儿永生永世和舅爷爷坐在一个绿色河岸上,吃得都撑了,直犯恶心,瞪着眼前一只撕碎的鱼和一块分了又分的饼。

舅爷爷在疯人院待了四年,因为他花了四年时间才弄明白,要想出去的话,就得停止在病房里发预言。他花了整整四年才明白这个,小孩觉得要是换成自个儿,肯定一下就明白了。不过至少在疯人院里,老头学会了谨慎行事,出院后,他把学会的一切用来助力他的事业。他像个经验丰富的骗子一样继续我主的事业。他放弃了妹妹,转而打算帮助她的儿子。他盘算着给他施洗,教给他关于拯救的事实,他的计划精确到了每个细节,并且得到了完美的执行。

塔沃特最喜欢这一段,因为虽说不乐意,他还是着实佩服舅舅的巧计。老头说服巴福德·曼森,让他打发女儿过来,谋了个给他妹妹烧饭的差事，女孩一旦进了屋，他就可以弄清他需要知道的事啦。他得知这会儿已经不止有一个小孩，而是有两个，以及他妹妹成天穿着睡袍喝装在药瓶里的威士忌。路艾拉·曼森洗衣做饭带小孩，他妹妹则躺在床上，一边拿着瓶子啜饮，一边看书，她每晚都得从药店新买些书回来。不过诱拐之所以如此成功，最大原因还在于舅爷爷得到了教书匠本人的完全合作，他那会儿是个瘦小的男孩，一张瘦骨嶙峋的苍白面孔，金边眼镜不断滑到鼻子上。

老头说，他俩打一开始就互相喜欢上了。他实施诱拐那天，做丈夫的出门做生意，他妹妹抱着药瓶关在房间里，时间过得颠三倒四的。老头只需要走进屋，跟路艾拉·曼森说要带侄子去乡下待几天，然后走到后院，跟正在用碎玻璃挖一连串洞洞的教书匠么一招呼就成。

他和教书匠坐火车一直坐到中转站，然后步行走回鲍得海德。老头对小孩解释道，他带他这么旅行不是为了寻开心，而是因为我主派遣他来完成这个任务，来确保他得到重生，教诲他要赎罪。这些都是教书匠闻所未闻的，因为他父母从没教过他什么，老塔沃特说，只告诉他不要尿床。

老头花了四天时间教他必要的知识，给他施洗。他告诉教书匠，他真正的父亲是我主，而不是城里那个蠢货，而他必须度过一段基督引领的隐秘生活，直到有朝一日他可以带着家人一道忏悔。老头让他明白到了最后一天，他的命运将是在荣耀中上升，到达我主耶稣那里。这可是头一回有人费神教给教书匠这些，他简直听不够。他之前从未见过树林，也没坐过船、抓过鱼，没在崎岖小路上走过路，这次他把这些都给做了，舅舅说，他甚至让教书匠犁地来着。他原本面黄肌瘦，四天之后脸上就有了光彩。听到这里，塔沃特就开始厌烦了。

教书匠在空地过了四天，因为他妈妈三天都没想起他，后来听路艾拉·曼森说了他的去处，她只好又等一天，直到当爹的回家，才让他去找小孩。她自个儿不肯来，老头说，因为担心在鲍得海德上帝之怒会击中她，弄得她再也回不了城。她发电报给了教书匠的爸爸，那蠢货来到空地。教书匠不得不离开的时候简直心如死灰。他眼睛变得黯然无神。他人是走了，不过老头坚持说，自己从他脸上的神情能够看出，他从此将是一个新人。

"他又没说不想走，你怎么知道他是不是真不想？"塔沃特会挑战他问。

"那他为啥又要试着回来？"老头反问，"你倒是告诉我。为啥一周后他逃出来，想找到回来的路，结果被巡警在树林里找到了，照片还上了报？我倒是问问你为什么。你啥都知道，那你告诉我呀。"

"因为这里没有那里那么糟，"塔沃特说，"没那么糟又不等于说就是好，只是说稍微强些。"

"他想回来，"舅舅一字一顿地说，"想继续听他的父亲上帝的事，继续听牺牲自个儿来为他赎罪的耶稣基督的事，继续听我讲给他的那些真理。"

"好啊，继续扯吧，"塔沃特会气呼呼地说，"把这事扯完好啦。"这故事总要给讲个底朝天才算完。这就像一条路小孩走了太多遍，一半时间他都看也不看方向，某些地方他会突然意识到走到哪了，然后会吃惊地发现老头根本没走出去多远。有时舅舅会在某处拖延不前，仿佛不想面对接下来的情节，等终于讲到了，他会试图飞快地跳过去。这些时候，塔沃特会纠缠着他问细节。"说说他十四岁时来这儿跟你说，他断定这些全都不是真的，还对你说了那堆屁话的事嘛。"

"哼，"老头会说，"他活糊涂了。我想那不是他的错。他们告诉他我是个疯子。可我跟你说吧：他也从没信过他们。他们不让他相信我，可我也不让他相信他们，他从来就没学会他们那一套，虽说他学会了更糟的。那场车祸让他摆脱了他们三个，对此没有比他更高兴的人了。然后他就动了抚养你的主意。说要给你一切好处，一切好处。"老头嗤之以鼻，"你该感谢我把你从那些个好处里救了出来。"

小孩看着远方，好像正茫茫然看着那些他看不见的好处。

"他摆脱掉车祸里的他们三个以后，来的头一个地方就是这里。就在他们死掉那天他来这儿跟我说了。直接来的这里，没错，先生，"老头心满意足地说，"直接来的这里。他好多年没见过我啦，可他来了这里。我是他要找的人。我是他想要见的人。是我哟。他从没忘记我。他把我牢牢记住啦。"

"你整个跳过了他十四岁的时候过来，对你说了那堆屁话的事嘛。"塔沃特提醒道。

"那都是他从他们那里学来的屁话，"老头说，"就是照搬他们说的什么我是个疯子那一套。真相是就算他们告诉他不要信我教的那些，他也没把它们给忘了。他从来不会忘记这个：那蠢货并不是他唯一的父亲。我在他心里播下种子，它牢牢扎根啦。不管别人乐不乐意。"

"种子落在了恶草里，"[1]塔沃特评价道，"说说那些屁话嘛。"

"种子扎根啦，"老头说，"不然车祸以后他就不会来找我啦。"

"他只是想瞧瞧你是不是还发疯。"小孩推测道。

"总有一天，"舅爷爷缓缓道，"你身体里会敞开个口子，你就会明白以前从来不知道的事啦。"他会一脸笃定地牢牢盯着男孩，后者只好皱着眉头扭开脸。

舅爷爷住到了教书匠家里，他一到就给塔沃特施洗，而且就在教书匠鼻子底下干了这事，后者对此开了个亵渎的玩笑。不过老头从来没能好好讲清楚这段。他总要倒回去，解释他到底为啥答应去和教书匠过日子。他去是因为三个理由。第一，他说，因为他知道教书匠需要他。他是教书匠生命中唯一一个让他改变过活法的人。第二，因为侄子是安葬他的合适人选，他想要跟他说清楚希望怎么来葬他。第三，因为老头希望给塔沃特施洗。

"那些我都知道啦，"塔沃特说，"讲讲其他的事。"

"他们三人死掉房子归了他之后，他就清空了，"老塔沃特说，"他把所有家具都弄走，只留下一张桌子和一两把椅子，一两张床，还有他给你买的小床。摘下所有挂画，所有窗帘，揭掉所有地毯。甚至烧掉所有他妈、他妹妹和那蠢货的衣服，不想留下一点点他们的痕迹。屋里只剩他收集的书和报纸。到处都是报纸，"老头说，"所

---

[1] 《旧约·约伯记》31:40，"愿这地长蒺藜代替麦子，长恶草代替大麦"。

有房间都乱得像鸟窝。车祸之后过了几天我来了，他看到我站在门口，喜出望外。他眼睛一下亮啦。他很高兴看到我。'哈，'他说，'我的房子，打扫干净，修饰好了，现在剩下的七个污鬼并作一人也出现啦！'"[1] 老头拍着膝盖，乐呵呵地回忆道。

"我觉得这听起来可不像……"

"不，他没那么说，"舅爷爷说，"可我又不是傻瓜。"

"他要是没说，那你怎么能肯定？"

"我能肯定，"舅舅说，"就像我能肯定，"他举起手，冲着塔沃特的脸乍开五根粗短的手指，"这个是我的手，不是你的一样。"这里面有点断然决然的意思，每次都能让小孩的放肆偃旗息鼓。

"好啦，讲下去吧，"他会说，"要是不快点，你永远也讲不到他亵渎神圣的那段。"

"他很高兴看到我，"舅舅说，"他打开门，身后的房里全是废纸片，看到我站在门口，他很高兴。全写在他脸上了。"

"他说啥了？"

"他看看我的包，"老头说，"他说啦，'舅舅，你不能跟我过。我知道你想要啥，可我得按照我的方式养大这孩子。'"

教书匠这句话每次都让塔沃特立刻浑身涌起一阵激动之情，一种近乎肉感的满足。"你没准觉得他这话意思是乐意见到你，"他说，"但我可不这么看。"

"他才二十四岁，"老头说，"脸模子都还没长定。我还能看

---

[1] 事见《新约·马太福音》12:43。

出那个跟我一起跑走的七岁娃娃,只是这会儿他戴起一副黑框镜,长出个能撑住它的大鼻子啦。他眼睛变小啦,因为他的脸长大了,可脸还是原来的脸没错。你可以透过它看出他真正想说的话。我把你偷来之后,他来这儿来想带你回去,那时他的脸模子已经长定啦。那会儿,它长定了,看起来跟一座牢房似的,可我跟你说的这个时候还没有。那时它还没长定,我看得出他需要我。不然他为啥要到鲍得海德来告诉我他们都死了?我倒要问问你?他本可以不管我的。"

小孩没吱声。

"总之,"老头说,"他的所作所为全都证明他那会儿正需要我,因为他收留我啦。他瞪着我的包,我说'我靠你养啦',他说,'很抱歉,舅舅。你不能住我这儿,再毁掉另一个小孩的人生。这一个得在真实的世界上长大生活。他得长成一个知道可以为自己做什么的人。他得当他自个儿的救主。他得拥有自由!'"老头偏过头啐了一口。"自由,"他说,"他满口这类词儿。可接着我就说了那话。我说了那话,让他改了想法。"

小孩叹了口气。老头儿相信自己使出的是制胜一招。他说的是:"我可不是来你这儿过活的。我是来等死的!"

"你真该看看他的脸哟,"他说,"他那模样,活像后头突然有人猛推了一把似的。另外那三人都没命啦,这个他其实无所谓,可想到我也要死了,他这才好像果真要失去亲人了。他站在那儿干瞪着我。"有一回,只有一回,老头儿俯身对塔沃特,用一种再也掩盖不住秘密的欢乐语调说:"他把我像亲爹一样爱哟,他为这个害臊哩！"

小孩脸上毫无表情。"没错，"他说，"而你对他扯了个无耻的慌。你根本没打算死。"

"我六十九岁啦，"舅舅说，"没准第二天就咽气，也没准不会。没人知道自个儿啥时会死嘛。我可不知道自个儿的寿数。那不是谎话，只是一个推测罢啦。我告诉他，我说'我没准能活两个月，没准就两天'。我穿着我买来下葬用的衣服——全都新崭崭的。"

"不就是你这会儿穿的这套吗？"小孩指着裤子膝盖磨出洞的地方，愤愤不平地质问，"不就是你这会儿身上穿的这套吗？"

"我没准能活两个月，没准两天，我跟他说。"舅舅说。

或者没准十年二十年的，塔沃特心里道。

"哦他真是大吃一惊。"老头说。

没准他是吃了一惊吧，小孩想，不过他对此也根本没那么难过嘛。教书匠只是说，"那我得料理你的后事咯，舅舅？好吧，我来料理吧。非常乐意。我正好一了百了地把你打发了。"不过老头坚持说，他的话是一回事，他的举止和他脸上的表情是另一回事。

舅爷爷在侄子家里待了还不到十分钟，就给塔沃特施了洗。他们跑到摆着婴儿床的房间，塔沃特睡在里面，老头第一回见着他——一个皱巴巴、面色铁青、骨瘦如柴正在沉睡的小婴儿——我主的声音便传到他耳中，说：**这就是要继承你的先知了。给他施洗吧。**

就那个？老头问，那个皱巴巴、面色铁青的……他正寻思怎么才能在侄子在场的情况下给他施洗，我主就派送报童来敲门了，教书匠走开去应门。

他几分钟之后再回来时，老头正一只手抱着塔沃特，另一只手举着婴儿床边桌上的瓶子，把里面的水倒在婴儿头上，奶嘴被他扯下塞在口袋里。他还没念完施洗词，教书匠就回到门口了，他抬头看到侄子的脸，忍不住乐了。他看起来活像挨了当头一棒，老头说。一开始甚至都不是愤怒，只是不快。

老塔沃特说："他重生啦，这事你可拦不了。"旋即他看到侄子眼中冒出的怒火，看出他想要压下这怒火。

"舅舅，你一点没变嘛，"侄子开口道，"这事根本烦不到我。只会让我好笑罢啦。"然后他就笑了，一种短促有力的吠叫般的笑，可老头说他脸上一阵青一阵白的。"你这会儿这么干倒也不错，"他说。"要是你在我只有七天大，而不是七岁的时候把我弄走，你没准还不至于毁掉我的人生。"

"要是你给毁了，"老头说，"那也不是我毁的。"

"哦，就是你，"侄子脸涨得通红，穿过房间说道，"你瞎了眼，看不出你对我干了什么。小孩哪里知道自我保护。小孩倒霉啊，什么都信。你把我推出真实的世界，我就那么待在外头，直到根本分不清哪个是哪个。你把那些白痴的希望、那种愚蠢的努力传染给我。我并非总是很清醒，我并非……"不过他停下了。他不想承认老头心里有数的事情。"现在我没事了，"他说，"我理清了你弄出的那团乱麻。用纯意志力理清了。我理清了我自个儿。"

"你瞧，"老头说，"他亲口承认种子还在他身体里。"

老塔沃特把婴儿放回小床，侄子把他又抱出来，老头说，他脸上僵着一个奇怪的微笑。"洗礼嘛，一个不赖，两个成双。"他说着,把塔沃特翻个身,把瓶子里剩下的水倒在他屁股上,又说了一遍施洗词。老塔沃特被这一亵渎之举弄得目瞪口呆,立在那里。"这下耶稣把他两头管全啦。"侄子宣布道。

老头怒吼起来,"亵渎不可能改变我主的任何安排!"

"主也没改变过我的任何安排。"侄子平静地回答,把小孩放回床上。

"那我做了啥呢?"塔沃特问。

"你啥也没干。"老头说,好像他干了什么或没干什么,都根本无关宏旨。

"我才是先知啊。"小孩闷闷不乐地说。

"你根本都不知道发生了啥。"舅舅说。

"哟,我知道的,"小孩说,"我躺在那里寻思着哩。"

舅舅不接这茬,自顾自说下去。他一开始认为,和教书匠一起过,没准可以趁机劝他重新信了他小时候拐走他时让他信的那些,他一直对此心存希望,直到教书匠给他看了发表在杂志上的那篇研究他的文章。这时老头终于明白,他对教书匠是无计可施了。他在教书匠他妈身上失了手,在教书匠身上失了手,现在只能设法拯救塔沃特,免得他由一个蠢人养大。这一回他倒得手了。

小孩觉得,教书匠本可以再努力些把他弄回去的。他来了,腿上耳朵上挨了枪,可他要是动点脑子,说不定就不用挨枪,还可以把他弄走了。"他为啥不带警察来把我弄回去?"他问过。

"你想知道为啥?"舅舅说,"好吧,我来告诉你为啥。我来给你讲个清楚。是因为他发现你是个大麻烦。他想要一切都在他脑袋里。可你不能在脑袋里给娃娃换尿布吧。"

小孩则寻思：可要是教书匠没写那篇关于他的文章，我们三个人没准现在还好好住在城里哩。

老头读到教书匠杂志上的那篇文章，一开始没认出教书匠笔下这个已经几乎绝种的类型说的是谁。他为了读它，特地坐下来，因为侄子能在杂志上发表文章，心里十分骄傲。教书匠把它塞给舅舅，说没准他会乐意扫一眼，老头立刻就在厨房桌边坐下，读了起来。他记得教书匠不断从厨房门口经过，想看他的反应。

读到一半的时候，老塔沃特开始觉得他读的没准是某个以前认识的人，或者至少是梦见过的什么人，因为这形象出奇地熟悉。"他这种对蒙主召唤的执念源自不安全感。他需要因为被召唤而得到慰藉，故而做出自行召唤之举。"他读着。教书匠不停地经过门口，走过去走过来，最后干脆进屋默默坐到小小的白色金属桌对面。老头抬起头，教书匠报以微笑。是一个淡淡的微笑，非常轻柔，任何场合都适用。从那个微笑里，老头知道了正读着的文字讲的是谁。

有整整一分钟时间他没法动弹。他感觉自己手脚给捆着，关在教书匠的脑袋里，就像疯人院病房一样光秃秃空荡荡的一个地方，而且身体正不断变小、萎缩，以便能塞得下去。他眼珠子左右乱转，仿佛自个儿又给捆在紧身衣里。约拿、以西结，但以理，他那一刻突然变成了他们所有三个人——被吞噬的，被侮辱的，被拘禁的。

做侄子的脸上保持着那微笑，伸手越过桌子，怜悯地按着老头的手腕。"你得重生啊，舅舅，"他说，"得靠你自己的努力，回到真实的世界吧。这世上没有什么救主，只有你自己。"

老头感觉舌头僵在嘴里，沉重如石，不过心脏开始膨胀。他先知的血液沸腾起来，奔涌成潮，亟待奇迹般的宣泄，不过他脸上始终挂着吃惊、迟钝的表情。侄子拍拍他紧握的大拳头，带着胜利的微笑，起身走出厨房。

第二天早上，他去小床边给娃娃送奶瓶，发现床上空空如也，只有那本蓝色杂志，老头在背后潦草写道：**我要把这孩子培养成先知，他将会把你的眼睛灼烧干净。**

"采取行动的人是我，"老头说，"不是他。他永远不可能有啥行动。他只会把所有事儿装进脑袋，磨来磨去一场空。可我行动啦。因为我的行动，你才能知晓真理，活在我主耶稣基督的自由里，你才能自由自在地坐在这儿，才能富人一样坐在这儿。"

小孩会把瘦瘦的肩胛骨不安地扭来扭去，好像打算甩掉真理的重负，就像甩掉个背上的十字架似的。"为了带我回去，他来这里，挨了枪。"他固执地说。

"他要真想你回去，肯定能做到，"老头说，"他可以让警察来这儿追我，或者把我再弄进疯人院。他可以有很多法子，可他遇到了那个慈善会女人。她劝他生个自己的娃娃，不要管你，他一下就听了。而那个哟，"老头会这么说，一边又寻思起教书匠的娃娃了，"那个哟——我主给他送去一个他没法腐蚀的娃娃。"说到这他会抓住小孩的肩膀，狠狠捏着。"要是我没给他施洗，那就该你来，"他说，"我命令你去，孩子。"

没什么比这更让小孩心烦了。"我只接受主的命令，"他会用难听的声音回答，试图掰开肩膀上的手指，"不是你的。"

"主会命令你的。"老头说,更紧地攥住他的肩膀。

"他给那娃娃也要换尿布嘛,他倒是肯干。"塔沃特嘟囔道。

"他有那个慈善会女人帮他干,"舅舅说,"她总得派点用场,不过你一准可以打赌她已经不在那儿啦。伯妮斯·毕晓普!"他那口气好像这是他听过的最蠢的名字,"伯妮斯·毕晓普!"

小孩没那么傻,他知道自个儿被教书匠给背叛了,不到白天他可不会去他家,因为那时才能把身前身后都看个清楚。"我不到白天不去那儿,"他突然对米克斯说,"你不用停到那儿,因为我不打算在那儿下车。"

米克斯随意地倚着车门,三心二意地开车,一半心思在塔沃特身上。"孩子,"他说,"我不是要冲你说教。我没打算教训你不要扯谎。我可不会要你干你做不到的事。我想跟你说的只是这个:没必要的时候就不用扯谎。不然等你需要的时候,就没人信你啦。你不用跟我扯谎。我很知道你干了些啥。"一道光从车窗投进来,他扭过头,看到旁边那张惨白的脸,正用炭黑色眼睛瞪着他。

"你怎么知道的?"小孩问。

米克斯愉快地微笑起来。"因为我自己有一回也干过同样的事。"他说。

塔沃特抓住推销员的外套袖子,猛地一拽。"审判日那天,你和我都将升起,承认我们干过!"

米克斯又打量了他一眼,一条眉毛挑起,和他的帽子呈一样的角度。"我们会吗?"他问。他又说:"你打算进哪一行啊,孩子?"

"哪一行?"

"你打算做啥？什么工作？"

"我除了机器不懂，别的都会，"塔沃特靠回椅背说，"舅爷爷什么都教了我，不过首先我得搞清楚里面有多少是真的。"他们正驶入城市荒凉的市郊，木头房子挤挤挨挨，偶尔一道惨淡的光线照亮一块推销着这种那种药剂的褪色招牌。

"你舅爷爷是干哪行的？"米克斯问。

"他是个先知。"小孩回答。

"真的吗？"米克斯问，肩膀耸起来好几次，就要高过他脑袋似的，"他对谁预言呢？"

"我啊，"塔沃特说。"没别人肯听他，我呢也没别人可听。他把我从我另一个舅舅那里抢走啦，那是我这会儿唯一的血亲了，为了不让我走向末日。"

"你是个被俘虏的听众咯，"米克斯评价道，"现在你要进城来，跟我们其他人一起奔向末日啦，是吧？"

小孩没有立刻回答。接着他谨慎地说："我不会说我要干啥的。"

"你不能确信你这舅爷爷告诉你的所有这些，是吧？"米克斯问，"你担心他没准传给你些错的东西。"

塔沃特扭开脸看向窗外，看那些脆弱的房子。他紧抱着胳膊，好像很冷。"我会弄清楚的。"他说。

"好吧，可是怎么弄清楚呢？"米克斯问。

黑暗的城市两侧铺展开来，他们正驶近远处一圈低矮的光芒。"我想等等看会发生什么。"过了一会儿他说。

"那要是啥也没有发生呢？"米克斯问。

光圈变大了，他们转入中心停下。那是一张咧开的水泥大嘴，前面安了两个红色油泵，后头有一间小小的玻璃办公室。"我说啊，要是啥也没发生咋办？"米克斯又问道。

小孩阴沉地看着他，记起了舅爷爷死后的那种寂静。

"嗯？"米克斯问。

"那我就让它发生，"他回答道，"我可以行动。"

"好样的。"米克斯说。他打开车门，伸出腿，一边还在打量他的乘客。他接着说："等我一下。我得给我的姑娘打个电话。"

玻璃办公室那儿有个人坐着，椅背抵着外墙，正在打盹，米克斯没弄醒他，径自进房。一开始，塔沃特只是把头探出车窗。接着他下了车，走进办公室，看着米克斯用那机器。它安放在一张乱七八糟的桌子中间，小小的，黑色，米克斯坐在桌上，倒好像那是他的办公桌似的。房里堆满汽车轮胎，一股子水泥橡胶味。米克斯把机器拆两半，一半举到脑袋上，手指在另一半上划圈。他坐着等，晃荡双脚，话筒对着他的耳朵嘶嘶作响。过了一会儿，他嘴角撇出一个尖酸的微笑，捏着嗓子开口道："你好啊，甜心，咋样啦？"塔沃特站在门口，听到一个真实的女人的声音，好像从墓地底下发出来一般，说："哟亲爱的，果真是你吗？"米克斯说是他没错，还是老样子，约她十分钟后见面。

塔沃特敬畏地站在门口。米克斯把电话又凑回一整个，狡猾地问："现在你为啥不给你舅舅打个电话？"他观察着小孩的脸色变化，只见那对眼珠子狐疑地瞥向一边，瘦骨嶙峋的嘴角耷拉下来。

"我很快就会跟他说上话啦。"他嘟囔道，眼睛却痴痴看着那黑色带圆盘机器。"你怎么用它的?"他问。

"像我一样拨号码。打给你舅舅吧。"米克斯催促道。

"不,那女人还在等你。"塔沃特说。

"让她等呗,"米克斯说,"她最擅长这个啦。"

小孩走近电话,掏出记着号码的卡片。他手指按着转盘,歪歪扭扭地拨起来。

"伟大的上帝哟。"米克斯感叹道,从钩子上摘下听筒,塞进他手里,又把他的手按到他耳朵上。他帮小孩拨了号码,然后按着他,让他坐到办公椅上等,不过塔沃特又站起来,微微伛偻着身子,把嘶嘶响的听筒按在脑袋上,心脏则开始猛烈地踢蹬胸腔。

"它没说话。"他低声道。

"给他点时间,"米克斯说,"没准他不想在半夜里爬起来。"

嘶嘶声响了一分钟,突然停了。塔沃特张口结舌地站着,把听筒紧紧贴着脑袋,表情僵硬,好像担心主随时会从电话里对他开口似的。立刻他听到耳朵里传来像是沉重呼吸的声音。

"说要找谁,"米克斯催促道,"你不开口问,怎么能找到你要找的人?"

小孩依然一动不动,一声不吭。

"我跟你说,说你要找谁,"米克斯不耐烦地说,"你听不懂吗?"

"我想找我舅舅。"塔沃特低声道。

电话那头一阵寂静,不过不是空荡荡的寂静。是吸气然后屏住呼吸的寂静。突然小孩意识到电话那头是教书匠的娃娃。那一头白发、表情迟钝的模样浮现在他眼前。他愤怒颤抖地说:"我要和我舅舅说话。不是你！"

沉重的呼吸声又响起来了，好像是在回答他。是一种咕噜咕噜冒水泡的声音，像是有人在水中挣扎着呼吸一样。但立刻这声音就没了。话筒从塔沃特手中落下。他茫然站着，好像收到了一个尚且无法破译的启示。他头昏目眩，似乎体内深处挨了一击，而它尚未传递到思维表层。

米克斯捡起话筒听了听，什么声音也没有。他把它挂回钩子说，"走吧。我可没时间等啦。"他推了呆愣的小孩一把，两人就离开了，开车继续进城。米克斯告诉他见到什么机器都要学学。他说，人类最伟大的发明就是轮子，他问塔沃特有没有想过轮子出现之前是怎么个情况，不过小孩没理他。他甚至好像都没在听。他微微朝前俯身，时不时嘴唇嚅动，仿佛正无声地自言自语。

"好吧，那可糟透啦。"米克斯尖酸地说。他知道小孩根本没什么舅舅住在那种体面的地方，为证明这个，他拐上了舅舅据说住着的那条街，缓缓沿着那些粗矮房子的小小的黑影开着，直到找到那门牌号，草地边缘一个小牌子上印着荧光数字，清晰可见。他停车道，"好啦，小子，就是这里。"

"是什么？"塔沃特低声问。

"那就是你舅舅家。"米克斯说。

小孩双手抓住车窗边，冲着不远处似乎只是个黑影子的东西瞅着，它好像蜷缩在四周更深的黑暗中。"我告诉过你我白天才要来这儿，"他愤怒地说，"走吧。"

"你这就给我去吧，"米克斯说。"因为我可不想再跟你啰唆下去了。我不能带你去我要去的地方。"

"我不要在这里下车。"小孩说。

米克斯从他身前伸过手去,打开车门。"再见,小孩儿,"他说,"要是你下个礼拜饿得不行了,可以用那名片找到我,我们没准可以做笔交易。"

小孩面色煞白、怒不可遏地瞪了他一眼,冲下车去。他沿短短的水泥路走上台阶,猛地坐下,被吸入夜色当中。米克斯拉上车门。他沉着脸,打量了一会儿小孩在台阶上若隐若现的身影。接着他倒车开走。他可不会有啥好下场,他思忖道。

第三章

　　塔沃特坐在台阶一角，怒视着黑暗中消失在街区远处的汽车。他没有抬眼看天，却非常不爽地意识到星星的存在。它们像是他天灵盖上的小洞眼，透过它们，某道遥远僵滞的光束正在监视他。就好像他独自待在一只巨大沉默的眼睛下面。他很想立刻让教书匠知道自己来了，告诉他自己干了什么，为何如此干，让他祝贺自己。同时，他心底里对这个人又始终存着怀疑。他再次竭力在脑海中拼出教书匠的脸，不过只能拼出老头拐走的那个七岁男孩的脸来。他鲁莽地瞪着这脸，给自己鼓劲，为会面做准备。

　　接着他站起身，面对门上沉重的铜门环。他摸摸它，被金属的冰凉灼到，猛地抽开手。他飞快地扭头朝后看看。街道对面的房子构成一道参差不齐的黑墙。那沉寂似乎是一个有形的存在，它在等待着什么。它几乎是抱着一种耐心，挨着时间，直到可以站出来，要求被命名。他回头对着冰冷的门环，抓住它，击碎沉寂，好像它是一个活生生的对手似的。噪声填满他的脑袋,除了自个儿造出的这声响,别的全都抛到脑后。

他敲得越来越响,另一只手捶门,直到感觉把整幢房子都摇晃起来。空荡荡的街头回荡着他的捶门声。他停了一会儿,喘口气,接着又敲,一边用沉重的工作鞋的钝头疯狂踢门。什么也没发生。最后他停下了,不依不饶的寂静又降临周身,对他的愤怒毫不在意。他心头充满一种神秘的恐惧,感觉整个身体空空的,好像他像哈巴谷[1]一样被拎着头发飞起,轻盈地穿过夜色,投放在目的地。他突然有种不祥的预感,觉得将要踏进老头给他设的陷阱。他半转过身想逃跑。

突然门两侧的玻璃格子灌满亮光。咔嗒一声,把手转动起来。塔沃特下意识地抽回手,举了起来,仿佛手中有把枪指着前方,舅舅打开门看到他,不由倒退一步。

那个七岁小孩的形象永永远远地从塔沃特的头脑中消失了。舅舅的脸如此熟悉,他感觉几乎这辈子每天都看到它。他站稳脚跟嚷道,"舅爷爷死啦,给烧啦,就像你会亲手烧掉他一样!"

教书匠依旧一动不动,仿佛他相信只要这么瞪上一阵,幻视就会消失。他在房里被震动给惊醒了,半梦半醒地跑来开门。那表情活像个梦游者突然醒来,看到噩梦成真就在眼前。过了一会儿他低声道:"等下,我听不到。"说着转身飞奔出大厅。他光着脚,穿着睡衣。他几乎立刻回来了,边走边往耳朵里塞着个什么玩意儿。

---

1 先知之一,《旧约》有《哈巴谷书》。

他已经摸索着戴上黑边眼镜，睡衣腰带里塞了个金属盒，盒子上有一根细线连到他的耳塞上。有那么一忽儿，男孩以为他的脑袋是通电的。他抓住塔沃特的胳膊，把他拉进大厅，站在一盏天花板上挂下来的灯笼形状的灯下。小孩发现自己被两只深陷在两个玻璃洞里的小钻头一般的眼睛给盯着打量。他掉转视线。已经倍觉隐私遭到了威胁。

"舅爷爷死啦，给烧啦，"他重复道，"我只能一个人干这个，我就干啦。我帮你干了你的事。"说完最后这句，他脸上闪过一阵明显的轻蔑。

"死了？"教书匠说，"我舅舅？老头死啦？"他茫然、不敢置信地问。他猛抓住塔沃特的胳膊，瞪着他的脸。受惊的小孩在他深陷的眼中看到一闪而过的委顿之情，直白、痛苦。但它转瞬即逝。教书匠一条直线的嘴渐渐变成一个微笑。"那他死的时候——是举着拳头吗？"他问。"我主驾着火之战车来迎接他了吗？"

"他没收到什么提醒，"塔沃特说，突然喘不过气来，"他正在吃早饭，我没把他从桌边挪开。我让他就那么待着，把他连房子一起烧了。"

教书匠默不作声，小孩从他的表情察觉出他怀疑这事的真假，担心自己面对的是一个有趣的撒谎者。

"你不如自己去看看好啦，"塔沃特说，"他太大了，没法埋。我用最快的办法解决了。"

舅舅的眼神这会儿显出他正在考虑一个令人迷惑的问题。"你怎么来的这儿？你怎么知道要来这里？"他问。

67

小孩为了说明问题，已经耗尽所有精气神儿。突然间他大脑一片空白，晕头转向，一脸蠢相地沉默着。他从来没有这么累过。他觉得快瘫倒了。

教书匠等待着，不耐烦地打量他的脸。然后，他的表情又变了。他更用力地捏住塔沃特的胳膊，眼睛突然闪亮起来，瞥向敞开的前门。"他在外面吗？"他愤怒地低声问道，"他这是在要把戏吗？他在外面等，趁着你在这儿诓我，他就钻进哪扇窗子，给毕晓普施洗吗？他又在使他的老伎俩吗？"

小孩脸色刷白。他仿佛看到了老头：一道黑影，站在房子暗处，按捺着呼哧呼哧的呼吸声，不耐烦地等他给那弱智小孩施洗。他震惊地看着教书匠的脸。他的新舅舅耳朵上有个楔形缺口。看到它，小孩感觉老塔沃特近在眼前，几乎能听到他的笑声。他有一种可怕的醍醐灌顶之感，看明白教书匠其实只是一个诱饵，老头设下它，好诱惑他来到城市完成他未竟的事业。

他凶狠脆弱的脸上，双目开始灼烧。一股新的激情攥住他。"他死啦，"他说，"死翘翘啦。他已经烧成灰啦。甚至都没得到个十字架。要是他还剩下点什么，秃鹰可不会放过，骨头狗会拖走。他真的死透啦。"

教书匠退缩了，旋即又微笑起来。他紧紧抓住塔沃特的胳膊，盯视着他的脸，好像开始发现了一个答案，它的规整贴切令他兴奋不已。"真是完美的讽刺啊，"他低声道，"你居然会那么处理，真是个完美的讽刺。他正该得此下场。"

小孩的骄傲膨胀了。"我做了该做的。"他说。

"他碰到什么，什么就会乱套，"教书匠说，"他度过了漫长无用的一生，对你干了极不公正的事。万幸他总算死啦。你本该应有尽有，可你一无所有。现在一切都可以改变啦。现在你属于一个可以帮助你，可以懂你的人啦。"他眼睛闪烁着愉快的光泽。"还不算太晚，我还来得及把你塑造成人！"

小孩的脸阴沉下来。他表情变得僵硬，变成一座要塞的围墙，把心思藏住；不过教书匠没注意到任何变化。他的视线穿过面前这个实际上无关紧要的小孩，投向自己心中已经栽培成材的他去了。

"你和我一起来弥补失去的时间，"他说，"我们现在要让你走上正道。"

塔沃特没有看他。他突然脖子朝前一探，直直盯向教书匠肩膀后头。他隐约听到一阵熟悉的沉重喘息。它比他自己的心跳声还近。他睁大双眼，一扇内心之门打开了，准备接纳某个不可避免的画面。

白发娃娃摇摇晃晃地出现在大厅后头，站住脚打量陌生人。他穿条蓝睡裤，拉得高高的，裤带绑在胸口，再像缰绳一样绕在脖子上，免得裤子掉下。他额头下方的眼睛微微凹陷，颧骨低得反常。他站在那里，影绰而古老，像是做了几百年的小孩。

塔沃特握紧拳头。他呆立着，仿佛被判刑的人等待行刑。接着启示降临了，悄无声息、不容商量，子弹一样一击即中。他并没在盯视什么猛兽的眼睛，也不曾看到什么燃烧的灌木。他只是，在彻底的绝望当中，他明明白白地知道，他要给眼前这娃娃施洗，走上舅爷爷帮他准备好的人生。他知道自己得到召唤，要去做一位先知，而且他的预言方式不会是惊天动地的。他的黑色瞳孔僵滞、平静，一层层反射出他自个儿的形象，佝偻身子，在耶稣淌血发臭疯狂的阴影中跋涉，走向远方，他终将得到酬劳，一片撕了又撕的鱼肉，一块分了又分的面饼。主将他从尘土中造出，让他有血有肉有头脑，让他流血抽泣思考，将他投进一个充满失落和火焰的世界，就是为了让他给一个原本毫无必要创造出来的白痴施洗，高喊出同样愚蠢的福音。他想嚷出"不"字，可就像梦中想要喊叫一样徒劳。声音被寂静吸光，归于沉寂。

舅舅一只手搁在他肩膀上，轻轻晃晃他，好穿透他的心不在焉。"听着孩子，"他说，"从老头那里脱身出来，就像从黑暗中脱身进入光明一样。你这辈子终于头一次有机会了。一个成长为有用之人的机会，一个运用你的才智，做你想做而不是他想做的事情的机会——天知道那都是些什么蠢事情。"

小孩的眼睛聚焦在他身后，表情茫然。教书匠扭头看看是什么让他如此心不在焉。他自己的表情也僵住了。娃娃正咧着嘴，慢慢朝前挪着。

"那只是毕晓普，"他说，"他不太正常。别管他。他只会盯着你看看罢了，其实很友好。他对什么东西都那样盯着看。"他搁在男孩肩头的手抓紧了些，嘴部痛苦地绷紧。"我会为他做的一切——如果有用的话——我也会为你做的，"他说，"现在你知道我为什么这么高兴你来了吧？"

小孩置若罔闻，脖子上的肌肉像缆线一样绷紧。弱智娃娃距离他不到五英尺，而且每一分每一秒，他都在歪着嘴走得更近。突然他知道这娃娃认出他了，老头本人已经遥遥指点他，表明上帝驱使的仆人来让他重生了。娃娃伸手来摸他。

"滚!"塔沃特尖叫起来。胳膊像鞭子一样挥出,打开那只手。娃娃声音大得吓人地嚎叫起来。他爬上他爸爸的腿,扯着后者的睡衣,使劲儿往上爬,几乎快到他肩膀上了。

"没事,没事,"教书匠说,"好了,好了,闭嘴,没事,他不是要打你。"他把娃娃扶到自己背上,想让他滑下来,娃娃不肯,把脑袋埋在他爸爸的脖子里,两眼始终盯着塔沃特。

男孩仿佛看到幻象:教书匠和儿子连为一体,不可分离。教书匠的脸涨得通红,痛苦不堪。这娃娃则大有可能是他身上的某一部分的畸形变异,不小心暴露出来了。

"你会习惯他的。"他说。

"不!"男孩嚷道。

这像是一声等待已久,挣扎而出的喊叫。"我不会习惯他!我不要跟他有任何关系!"他举起紧握的拳头。"我不要和他有任何关系!"他嚷道,嚷得一清二楚、确定无疑、充满挑衅,仿佛一个抛向沉默对手的挑战。

第二部分

第四章

　　塔沃特待了四天，教书匠的热情已经退却。他对此巧为掩饰。其实第一天就退却了，取而代之的是决心，他知道决心是个略逊一筹的工具，不过觉得就这回而言，也只有用它最合适了。他花了差不多半天时间，就发现老头已经把小孩摧残得可以，他要面对的是一场工程浩大的重建工作。头一天，他靠热情得到了力量，可打那以后，他已经被决心弄得精疲力竭。

　　虽说才晚上八点，他已经打发毕晓普上床，吩咐男孩可以回他的房间看书。他给他买了书，还有其他东西，不过都同样依然不受待见。塔沃特回房间，锁了门，也不说要不要看书，雷伯自个儿也上了床，因为太累，反而辗转反侧，看着从窗前树篱透进的深夜灯光慢慢黯淡下去。他没摘助听器，这样万一小孩想逃跑，他会听到，可以去追。过去两天他好像都有离开的意思，而且不是简单离开一下，而是永远消失，趁他不在意，夜里悄无声息溜走。这是第四晚，教书匠躺在床上，脸上带着苦笑，此时同第一晚相比真是天壤之别。

第一晚他在小孩床边一直坐到天亮，小孩在床上昏睡，连衣服都没脱。他坐在床边，目光灼灼，好像面对着一份他还不敢相信的财宝。他的眼光一遍遍打量着那个摊手摊脚的瘦小身子，后者看起来累得不行，已经不省人事，几乎让人怀疑还会不会动弹了。他打量那脸，心头突然一阵欢乐的刺痛，意识到侄子跟他极为相似，两人看起来就像父子。那沉甸甸的工作鞋，破旧的背带裤，脏得不行的帽子，都让他涌动着心痛和怜悯。他想到可怜的妹妹。她这辈子唯一真正的快乐是和那情人在 起的时候，这孩子就是他的，那个两颊凹陷的男孩，从乡村进城来学神学，可他的头脑雷伯（当时是个研究生）立刻就知道很出色，不该学那个。他和他交朋友，帮助他发现自我又发现了她。他刻意安排他们会面，欣喜地发现促成了佳缘，并且这段感情让他俩都有所提升。如果不出意外，他肯定那男孩迟早会变得真正坚定起来。不过车祸之后他自杀了，病态负罪感的牺牲品。他来到雷伯的公寓，带着枪，面对面看着他。他又看到了那张脆弱的长脸，它变得赤红，好像被一团火焰灼掉了皮肤，眼睛似乎也在燃烧。他感觉它们都不大像人眼了。它们充满忏悔，尊严荡然无存。男孩盯住他，似乎看完了一生，不过也可能只有一秒钟，然后一声不吭掉头离去，一到房间便自杀了。

半夜里雷伯开门看到塔沃特的脸——苍白、因为某种深不可测的饥饿和骄傲而扭曲——他一时呆住，仿佛噩梦中看到面前竖起一面镜子。面前这张脸是他自己的，可那眼睛不是。它们属于当年那个学生，烧灼着负罪之情。他飞奔着从门口跑开，去拿眼镜和助听器。

第一晚他坐在床边，小孩即便熟睡着，也能从他身上看出固执和反抗。小孩张着嘴，牙齿外露，帽子像武器一样紧攥在手中。雷伯的良心自我谴责着，这些年来，自己让他独自承受命运，没回去救他。他喉头发紧，双眼酸涩起来。他发誓现在要补偿他，要像对自己的小孩一样不惜代价地对他，如果说他有个能知道好歹的小孩的话。

第二天早上，塔沃特还在熟睡，他冲出去给他买了一套体面衣服，一件格子花呢衬衫，袜子，还有一顶红皮帽。他想要他一醒来就有新衣服穿，新衣服，新生活嘛。

四天后它们依然装在盒子里，搁在房间里一把椅子上，原封未动。小孩那表情，好像劝他穿上它们等于要他赤身裸体一样。

他所做所说的一切，都清清楚楚表明他是谁养大的。每次面对老头精心培育出来的那种独立姿态，雷伯心头都会涌起一股几乎失控的狂怒——不是什么有建设性的独立，而是那种荒谬、野蛮、愚昧的独立。雷伯买了衣服赶回来，走到床边，摸摸还沉睡的小孩额头，觉得他发烧了，不该起床。他用托盘把早餐端进房里。他端着托盘，带着毕晓普走到门口，塔沃特已经在床上坐起，抖了抖帽子戴到头上。雷伯说："你不想把帽子挂起来，在这儿待上一阵吗？"边说边送去一个充满欢迎和善意的微笑，他觉得以前小孩从没收到过这样的微笑。

小孩毫无感激之意，甚至反应漠然，只把头上的帽子往下拽了拽。他把目光径自投向毕晓普，眼神里有一种因为认出他而流露出的特别意味。毕晓普戴了顶黑牛仔帽，胸前抱个垃圾筐，张着嘴，瞪着眼睛。筐子里装了块石头。雷伯想起昨晚毕晓普让男孩不安了，便用空着的那只手把他推到后头，不让他进门，然后走进房间，关门锁上。塔沃特阴郁地看着紧闭的门，好像还能透过门看到毕晓普抓着垃圾筐。

雷伯把托盘放到男孩膝上，后退几步看着他。小孩好像根本没注意到他也在。"那是你的早饭。"舅舅提示道，好像他自个儿认不出来似的。那是一碗干麦片和一杯牛奶。"我想你今天最好待在床上，"他说，"你看起来可不是特别精神。"他拉过一把直背椅子坐下。"现在我们可以真正谈谈了，"他说，更加热情地微笑着。"我们真该互相认识一下了。"

小孩的脸色既不表示同意也没显出愉快来。他看看早饭，没有抓起调羹。他打量起房间。墙壁是一种醒目的粉色，是雷伯的妻子挑的。他现在把它当储藏室用。角落堆着几个大箱子，上面摞着柳条箱。壁炉架上搁着药瓶、坏灯泡和一些旧火柴盒，还有一张她的照片。小孩的注意力停在它上面，嘴角微微抽动，好像想起什么滑稽事。"那个慈善会女人。"他说。

舅舅脸红了。他听出了这里面完全属于老塔沃特的口气。猝不及防地，烦躁如潮袭来。老头几乎突如其来地厕身他俩当中。他再度感觉到舅舅总能用种种最微不足道的由头，在他心头激起的那种熟悉的、莫名其妙的勃然大怒。他费了点劲，把它按捺下去。"那是我妻子，"他说，"不过她不和我们过了。你现在住的就是她的房间。"

小孩抓起调羹，"舅爷爷说过她迟早走人。"他说着，一边飞快地吃起来，仿佛他借助这个评论，就建立起足够的独立感，得以安心享用别人的食物。他的神情表明他认为味道不咋的。

雷伯坐着打量他，为了平息心头的烦躁，他暗自寻思：这孩子没得选啊，记住，他那会儿可没得选。"只有上帝知道那老傻瓜都跟你说了些什么，教了你什么！"他突然爆发道，"只有上帝知道！"

小孩停止了咀嚼，犀利地看着他。过了一秒钟他说："他对我没啥影响，"说着又吃起来。

"他对你干了极不公正的事，"雷伯说，恨不能多跟他强调下这一点，"他阻止了你过正常的人生，阻止了你得到正当的教育。他给你脑袋里灌满了天晓得什么废话！"

塔沃特没停下吃喝。接着，他抬起头来，故作冷漠状，两眼盯着舅舅耳朵上的伤口。他眼底深处突然一亮。"他打中你了，是吧？"他说。

雷伯从衬衫口袋里掏出一包烟，点着一支，动作慢得不像样，其实是在设法稳住自己。他把烟径直吐向小孩的脸。接着，他靠上椅背，久久地、恶狠狠地瞪了他一眼。香烟挂在嘴角，抖抖索索的。"不错，他打中我了。"他承认道。

小孩眼中的亮光沿着助听器的电线一路挪到挂在他皮带上的金属盒。"你接电线做啥？"他慢吞吞地问，"你的脑袋能亮灯吗？"

雷伯下巴一抽，又放松下来。他僵硬地伸出胳膊，把烟灰弹地上，过了一会儿才回答说他的脑袋不会亮灯。"这是个助听器，"他耐心地解释道，"老头打中我之后，我就慢慢听不见了。我去接你回来那会儿没带枪。要是我不走，他没准会打死我，那样我就根本没法帮你了。"

小孩依旧打量着那设备。舅舅的脸似乎只是它的一个附属品。"你活着也没帮我什么嘛。"他评论道。

"你明白我的意思吗?"雷伯坚持道,"我没带枪啊。他没准会打死我。他是个疯子。我就从现在开始帮你,我想帮你啊。我想为所有这些年补偿你。"

有那么一刻小孩的目光离开助听器,直对着舅舅的眼睛。"可以找把枪,立马再回来嘛。"他说。

这声音里清清楚楚流露着遭背叛的意思,听得雷伯张口结舌,无言以对。他无助地看着小孩,后者继续吃了起来。

终于雷伯开口道:"听着。"他把那握着调羹的手一把抓住。"我想要你明白我。他疯啦,要是他杀死了我,你这会儿就不会有这个地方可以投靠啦。我不是傻瓜。我不相信什么毫无意义的牺牲。死人可帮不了你,你难道不明白吗?现在我可以为你做点什么了。现在我可以弥补我们失去的所有时间了。我可以帮忙改正他对你做的,帮你自己来改正。"那拳头不断往回抽,不过他坚持握着不放。"这是我俩要共同解决的问题,"他说,在眼前这张脸上如此清晰地看到了自己,几乎像是在对着自个儿的影像苦苦哀求。

塔沃特猛地一抽,挣脱开手。他深深地看了一眼教书匠,打量着后者,目光扫过他下巴的线条,嘴边的两道皱纹,扣在天灵盖上的额头,还有后面的弧形发际线。舅舅眼镜后头那双痛苦的眼睛他一瞥而过,似乎意识到那里面没有什么要找的东西,也就放弃了寻找。目光落在雷伯用衬衫半掩住的金属盒上时闪烁了一下。"你用这盒子想事情,"他问,"还是用你的脑袋想事情?"

舅舅很想把这设备从耳朵里拽出来,砸向对面墙上。"我因为你才变聋的!"他怒视着那张冷漠的脸,"是因为我曾想过帮你!"

"你根本没帮到我。"

"我现在可以帮你。"他说。

过了一刻他跌坐回椅子。"也许你是对的,"他说,双手无助地耷拉下来,"是我的错。我应该回去杀死他,要么让他杀死我。可我却让你身上的什么东西给杀死了。"

小孩放下牛奶杯。"我身上没有东西被杀死,"他肯定地说,又补充道,"你不必担心。我替你干了你的活儿。我料理了他。是我处理掉他的。我醉得跟个傻瓜似的,可我料理了他。"他说着,仿佛回忆着最精彩的一段个人历史。

雷伯听到自己的心跳,它由助听器放大,在胸腔里像台巨型机器一样猛然轰鸣起来。小孩脆弱而不羁的脸,依然为某种残暴记忆所震慑的怒眼,突然让他看到十四岁时的自己,一路摸索回到鲍得海德,好冲着老头怒吼、咒骂。

他突然想到,不要提问,听完再说。他明白小孩被舅爷爷迷了心窍,他没埋他入土,反倒烧了他,为此心怀可怕而毫无必要的内疚之情,他看出他正深陷一场绝望悲壮的挣扎,想要挣脱老头幽幽的掌控。他朝前俯身,声音那样饱含深情,几乎都没了往日的镇定:"听着,听着弗兰基,"他说,"你再也不是孤单一人了。你有了一个朋友。你拥有的不只是一个朋友,"他吞咽了一口,"你有了一个父亲。"

小孩面色变得非常苍白，双眼因为某种无言的耻辱而阴影重重，深不可测。"我可没要过啥父亲。"他开口道，话像鞭子一样劈脸朝舅舅抽去。"我可没要过啥父亲，"他重复道，"我是打一个妓女的子宫里出来的。我出生在车祸里。"他说这话好像在宣称自己的尊贵出身似的。"我的名字也不是弗兰基。我姓塔沃特，并且……"

"你母亲不是一个妓女，"教书匠愤怒地说，"那只是他教给你的屁话罢了。她是个善良健康的美国姑娘，刚刚找到自我，就横遭打击。她……"

"我没打算在这儿住下，"小孩说，一边环顾四周，好像打算掀翻早餐盘，跳出窗去，"我只是来找点东西，等找到了，我就要走。"

"你来找什么？"教书匠故作镇定地问，"我可以帮你。我想做的只是用一切可能的方式帮你。"

"我可不用你帮。"小孩看着别处说。

舅舅感觉周身有什么东西捆紧了，仿佛套上了一件无形的紧身衣。"你不需要帮忙，那你打算怎么找？"

"我会等，"他回答，"看看会发生什么。"

"那么，假如说吧，"舅舅问，"什么都没发生呢？"

一个奇怪的微笑，像一个怪异的上下颠倒的悲哀表情，浮现在男孩脸上。"那我就让它发生，"他说，"像以前干过的一样。"

过了四天，什么也没有发生，也没有任何事被人为促成。他们——三个人——只是走遍了整座城市，而雷伯彻夜都在梦里把路倒着又重走一回。要是他不用带上毕晓普，就不会这样累人了。娃娃拽着他的手拖在后头，不断回头去看他们已经走过的什么东西。

差不多每个街区，他都要蹲下捡起一根棍子，或者一块破烂，你得把他拽起来，一路拖着。塔沃特总走在稍微前头一点，好像循着什么气味一路前进。四天里，他们去了画廊，看了电影，他们逛过百货商店，坐了扶梯，去了超市，研究了自来水厂、邮局、铁路货场和市政厅。雷伯讲解着城市，详细介绍好公民的责任。他走一路说一路，从听众的兴趣来看，倒好像小孩才是聋的那位。他一声不吭，带着同样不置可否的眼光打量每件事物，好像觉得这里没有任何东西值得他留意，但又必须走下去，必须继续找那总是出现于视线之外的莫名之物。

有一次他在一个橱窗前站住脚，里面有辆小红车正在转台上慢慢转着。雷伯抓住这点有兴趣的迹象，说没准等到十六岁，他也可以拥有一辆自己的车。答话的大有可能是老头本人，说他根本不需要这种恩赐，两脚走路，分文不费，自由自在。哪怕和老塔沃特一道生活的那会儿，雷伯都不曾如此强烈地意识到老头的存在。

有一次小孩突然在一幢高楼前停下，带着一种特别的不安，抬头瞪着它，好像认出了什么。雷伯困惑地问："你好像来过这里。"

"我在这儿丢了帽子。"他低声说。

"你的帽子在你头上。"雷伯说。他看着那帽子，忍不住心烦意乱。他祈求上帝但愿有什么办法把它从他头上扯下。

"我的第一顶帽子，"小孩回答，"它掉到……"他飞快地跑开，好像没办法忍受待在大楼附近。

除此之外，他还流露过一次特别的兴趣。在一个巨大、肮脏、车库一样的建筑前，他后退一步，停了下来。房子前头有两扇黄蓝染色玻璃窗,他站住脚,小心翼翼地保持着平衡,好像差点摔倒似的。雷伯认出这个地方,是某个圣灵降临会的圣所。门上挂了一条横幅,上书"唯有重生,才得永生"。它后头贴了张海报,画着一个男人、一个女人和一个小孩手牵手。"来听卡穆迪一家的基督福音吧!"它写道,"与他们的音乐、故事和魔力一起战栗!"

雷伯很清楚小孩很难应付这样一个地方所能产生的邪恶引力。"你对这个感兴趣吗?"他干巴巴地问,"它让你想起什么了吗?"

塔沃特面色苍白。"马粪。"他低声回答。

雷伯嘴巴一抿,然后哈哈大笑起来。"这类人一生只有一样东西,"他说,"就是相信:他们会重生。"

小孩站稳身子,依然盯着那条横幅,不过好像它只是远处一个小点儿似的。

"他们不会重生?"他说。话里有那么一点疑问的意思,雷伯突然心头一阵强烈的欣喜,这可是头一回小孩想要听听他的意见。

"不会,"他短促回答道,"他们不会重生。"说得斩钉截铁。这脏兮兮的房子简直就像一头他刚刚掀翻在地的野兽的尸骸。他试探地把手搁到小孩肩头。它被勉为其难地接纳了。

他带着突然重新燃起的热情,声音颤抖地道:"所以我希望你学习一切能学到的知识。我想要你受教育,这样你就可以作为一个有知识的人在世界上立足了。今年秋天,等你上了学……"

肩膀猛地缩回,小孩阴沉地瞥他一眼,闪到人行道最远的角落去了。

他把孤独当披风使,用它裹着自个儿,好像披了件标志着被上帝选中的衣袍。雷伯一直想记一记他，写下观察到的要点，可夜里总是精疲力竭，什么也干不成。他每晚都是打着瞌睡就睡着了，但也睡不安稳，总是担心一觉醒来，发现小孩已经跑了。雷伯担心因为让小孩做测试而弄得他更急于离开。他本想给小孩先做些标准测试，测测智力和能力倾向，然后进一步做些他亲自完善过的情感因素测试。雷伯以为这样一来，就可以揪出那情感传染病的病根了。他在厨房桌上摊开一份简易的能力倾向测试——印刷的册子，几根新削的铅笔。"这是一种游戏，"他说，"坐下来看看你表现如何。我来帮你开头。"

小孩脸上冒出奇怪的表情。他微微垂下眼睑，嘴角想笑却笑不出来；脸上一半是愤怒一半是不屑。"你自个儿玩吧，"他说，"我可不做什么测试，"他把最后这词儿啐出口，好像它不配经过嘴唇似的。

雷伯估量了一下形势，然后说："没准你其实不会读写。是因为这个缘故吗？"

小孩把脸凑近他，"我是自由的，"他透过齿缝说，"我不在你脑袋里。我不在那里面。现在不在，以后也不会进去。"

舅舅笑了。"你哪里知道自由是什么，"他说，"你哪里……"不过小孩扭身大步走开了。

这样没用。他像豺狼一样不可理喻。没有任何东西可以暂留住他——除了毕晓普，而雷伯知道毕晓普之所以让他暂时留下，是因为这娃娃让他想起了老头。毕晓普看起来活像老头儿倒退着活回去，变成了最低级的单纯形态，雷伯注意到，男孩始终避免和娃娃的眼睛对视。娃娃在哪里站着、坐着或者走动,哪里的空气中就好像会出现一个危险的黑洞,塔沃特必须不计代价避开。雷伯担心毕晓普的不友好举止会把他赶走,他总想偷偷凑上去摸他,后者一旦意识到他靠近,便像条准备吐舌进攻的蛇一样抽身跳起,"滚!"毕晓普便一溜烟跑开,躲到最近的家具后头继续观察他。

教书匠对这个也很理解。这小孩有的所有问题,他自己统统遇到过,并且克服了,或者说是基本上克服了,因为他并没有完全解决毕晓普这个问题。他只是刚学会容忍它,也刚明白自己没有它是活不下去的。

他摆脱妻子之后,便和娃娃一道生活,日子过得安静而随意,像两个生活习惯已经顺畅对接的单身汉一样,再也不用注意彼此。冬天他送他去一所特殊儿童学校,他取得了长足进步。他学会自己洗澡、自己穿衣、自己吃饭、自己去洗手间,还会做花生酱三明治,虽说有时把果酱涂在面包外面。和他一起生活时,大多数时候雷伯可以不再痛苦地意识到他的存在,不过偶尔,难免地,受到自个儿某个不可理喻的部分驱使,他会对这小孩感觉到一种毫不节制的爱,接下来许多天他都会为自己的理智而震惊、沮丧、颤抖不已。那无非是潜伏在他血液里的诅咒在小试身手罢了。

他通常把毕晓普理解为一个标记,它指向的是命运的普遍性丑陋。如果说人是按照上帝的样貌造出来的,他觉得自个儿肯定不是,不过毕晓普一定是的。这小孩属于一个简单的等式,没有进一步解题的必要,除了一些偶尔的时刻。那些时候,几乎突如其来地,或者措手不及地,他会感觉那可怕的爱劈头袭来。他盯着任何东西看得太久都可能引发这种爱。都不需要毕晓普真的在场。可以是一根棍子，一块石头，一道影子的线条，一只像老头子一样蹒跚踱过人行道的雀子的滑稽模样。要是不假思索地放任自己沉陷进去，他会突然惊恐地感觉到一种病态的爱喷涌而出——如此强烈，让他不由得要扑倒在地，发出愚蠢的赞颂。这完全是令人厌烦的、不正常的。

他并不惧怕普通意义上的爱。他明白它的价值，知道它的作用。他见过一些山穷水尽的情形下，爱所带来的改变，比如在他可怜的妹妹身上所发生的一切。不过他的处境跟它毫不相干。压倒他的这种爱完全属于另一种体系。它不是可以给娃娃或者他本人带来什么改善的爱。它是不合道理的爱，对某种毫无未来的东西的爱，一种仅仅只是爱的爱，说一不二、索求无度，一瞬间就让他变得像个傻瓜一样。而它只是因为毕晓普才出现了。它因为毕晓普出现，尔后像雪崩一样铺天盖地，把他的理性所憎恶的一切统统吸纳。随着它的涌现，他总会有一股冲动，想要让老头的眼睛——疯癫、银鱼色，因着对一个变形世界的无稽幻念而狂乱着——能再那么看着他。这渴望像他血液底层的逆流，把他朝回拽，拽向他明知是疯狂的所在。

这种痛苦是家族性的。它隐藏在触碰到他们的那条血脉里，从某个远古之源，某位沙漠先知或者柱顶苦修者[1]那里流淌而来，其力量历久弥新，终于在老头和他身上显现，也如同他推测的那样，传给了小孩。它触碰到的人注定要么毕生与它作战，要么被它统治。老头是被它统治的。他呢，以失去完整人生为代价，将它击败。小

---

1. 柱顶苦修者（pole-sitter），修行者长时间坐在柱顶上不下来，以此考验忍耐力。

孩会怎样则悬而未决。

他是靠了一套几乎称得上严苛苦行的办法,才没让它掌控自己。他从不对什么东西多看一眼,从不谋求没必要的感官满足。他睡窄铁床,坐直背椅,吃得清淡,寡言少语,交友也只找最无趣的人。在他工作的高中,他负责搞测试。所有他的工作安排都是现成的,不需要他做什么决定。他并没有误以为这是一种完整或充实的人生,他只是很清楚一点,如果生命还想有点尊严的话,那他只能这么过活。他知道他跟疯子或狂人是一类,但他几乎是完全凭借意志把命运扭转了。他行走在介于疯狂和空虚之间的钢丝绳上,哪天该他跌下,他也要朝空虚一头使劲,往那里跌过去。他意识到自己默默地过着一种悲壮的生活。小孩没准会走他的路,也没准会走老塔沃特的路,而他决定挽救他,让他走上好的那条。虽说塔沃特宣称对老头教的一点也不信,雷伯还是一清二楚地看出,他心里的信仰和恐惧依然在拖后腿,封闭了他的反应。

从亲情、相似性和经验而言,雷伯都该是救他的那个人,可小孩的面容里有什么东西拦住了他,就在他的面容里,某种饥渴的东西,似乎正以他为食。塔沃特看着他,总感到一种压力,它让他毫无招架之力,立刻心如死灰。那眼睛是发了疯的神学生父亲的眼睛,那性格则是老头的性格,而在这两者之间,雷伯自个儿的形象正挣扎想站住脚,可他没法帮它使劲。逛了三天之后,他累得麻木,也为自己的无能心慌意乱。从早到晚他都语无伦次的。

那晚,他们在一家意大利餐馆吃饭,黑乎乎的,没多少人,他点了意大利饺子,毕晓普喜欢这个。每顿饭后,小孩都从口袋里掏出一张纸和一截铅笔,写下一个数字——他对这顿饭的估价。将来他会一起还的,他说,他可不想欠人情。雷伯真想看看数字,好知道他的招待被估价几何——小孩从不问他价钱。他吃得挑剔,入口前总把食物在盘子上捣来捣去半天,每吃一口,表情都像担心有毒。他沉着脸,把饺子拨拉着。他吃了一点点,就放下叉子。

"你不喜欢那个吗?"雷伯问他,"要是不喜欢,可以点别的。"

"全都一股子泔水味儿。"小孩说。

"毕晓普就吃得很好。"雷伯说。毕晓普把食物涂了一脸,偶尔还往糖罐里倒一勺子,用舌尖舔舔盘子。

"我就是这意思,"塔沃特说,眼光停留在娃娃头顶,"没准猪就爱吃。"

教书匠放下叉子。

塔沃特瞪着房间黑乎乎的四壁。"他就像猪,"他说,"他吃得像猪,想的不比猪多,等他死了,也会像猪一样烂掉。你我也是,"他回视着教书匠阴晴不定的脸,"会像猪一样烂啦。我和你和猪之间的唯一区别,是你和我会算数,可他和猪就一点差别也没有啦。"

雷伯似乎咬着牙关。最后他说:"忘掉毕晓普的存在吧。又没有要求你跟他有什么关系。他只是自然的一个错误。试着干脆都不要注意他吧。"

"他不是我的错误,"小孩低声说,"我跟他一点关系也没有。"

"忘掉他。"雷伯短促嘶哑地说。

小孩奇怪地打量他,好像开始察觉他秘密的痛苦了。他看到的或自以为看到的不幸似乎让他觉得好笑。"我们出去吧,"他说,"再走起来。"

"今晚不走了，"雷伯说，"我们回家，上床去。"他口气坚定，说一不二，这是以前从未有过的。小孩耸了耸肩。

雷伯躺在床上，眼睁睁看着窗外变黑，感觉体内所有神经都如高压线一般紧绷。他尝试像书上教的那样，一次放松一块肌肉，首先从颈后的肌肉开始。他排空脑海里的一切，只看着纱窗外头依稀可辨的树篱。可他依然对所有声音都保持着警惕。他在彻底的黑暗中躺了很久，依然警醒，浑身紧张，随时准备一听到大厅哪块地板轻轻地咯吱一声，就一跃而起。突然他猛地坐起来，完全清醒了。有扇门开了又关上。他跳起来穿过大厅，冲进对面房间。小孩不在了。他跑回自己房间，在睡衣外头胡乱套上裤子，抓起外套，便光着脚，咬着牙，从厨房出了门。

第五章

  他紧挨着篱笆内侧,蹑手蹑脚地穿过黑暗潮湿的草地,朝马路走去。夜色迫人,万籁俱寂。隔壁房子有扇窗户里的灯亮了,映出篱笆尽头那顶帽子。它微微一转,雷伯看到下方那尖锐的侧影,那天生戳出的下巴和自己简直一模一样。小孩站着不动,很可能在打量四周,寻思往哪个方向走。

  小孩转来转去的,雷伯只看到那帽子,毫不妥协地箍在他头上,虽然是在昏暗的灯光下,依然露出凶巴巴的劲儿。它像小孩本人一样十足叛逆,仿佛它的模样是多年来由他的性格打磨而成。它是雷伯认为头一件必须甩掉的玩意儿。突然它挪出光亮,消失不见。

  雷伯从篱笆底下钻过去紧随其后,光着脚,悄无声息的。没有任何影子。他几乎看不出前头离他四分之一街区远的小孩,除了偶尔某扇窗户里的灯光会投到他身上照出身影来。雷伯不知道他是打算一劳永逸地离开,还是只想自个儿走走,所以决定先不要喊他停下,而是悄悄跟着观察。他关掉助听器,追踪着那个若隐若现的人影,像在梦中一样。小孩在夜里走得比白天还快,而且几乎总是差一点就消失不见了。

雷伯感到心跳在加快。他从口袋里摸出手帕,擦擦额头和睡衣领子里头。他在人行道上踩到一团黏糊糊的玩意儿,赶忙换到路另一边,暗暗咒骂着。塔沃特正朝城里走。雷伯觉得很有可能他要回去看看什么让他暗中产生兴趣的玩意儿。因为小孩那样犟,所以没法用测试搞清楚的事情,也许他今晚就能弄明白。他感觉到复仇的阴险的欢乐,赶紧按捺住。

一小块天空发亮,房顶轮廓一时显露出来。塔沃特突然朝右一转。雷伯直懊恼没多耽误一会儿,好歹把鞋穿上。这个街区全是巨大、摇摇欲坠的寄宿公寓,门廊都直接连着人行道。有几个门廊坐着迟睡的人们,他们在摇椅上摇着,打量街景。他感觉黑暗中许多眼睛转向他,便把助听器又开起来。一个门廊上有个女人站起来,朝栏杆外探出身子。她双手按在屁股上,俯身打量他,把他的光脚和泡泡纱外套里的条纹睡衣都看在眼里。他恼火地瞪回着她。她那脖子一扬的姿势表明已经给他盖棺定论了。他扣上外套,加紧了脚步。

小孩在下个拐弯处停下。街灯把他瘦长的影子斜投在一侧。影子顶端的帽子活像个旋钮,右一转左一转的。他似乎在盘算选哪个方向。雷伯突然觉得肌肉沉重无比。他之前都没意识到累,直到脚步放慢的这一刻。

塔沃特朝左拐去,雷伯只得怒气冲冲地跟着。这条马路两侧都是东倒西歪的店铺。雷伯一拐弯,身侧突然冒出一家电影院花哨的洞口形状大门。一群小男孩站在它前面。"脚板光光!"有个小男孩尖叫起来,"身上光光!"

他一瘸一拐慢跑起来。

合唱队在整个街区一路追赶他。"西佛维尔快看呀,唐托丢了小裤衩!丢了啥哟谁管他?"[1]

他把怒气冲冲的目光始终集中在塔沃特身上,后者朝右拐去。他跟到街角一拐,发现小孩站在街区中间,盯着一家商店橱窗。他溜进几码开外的一个狭窄门洞,这里有段楼梯通往上方的黑暗。他探出头观望。

塔沃特的脸被面前橱窗里的灯光古怪地映亮。雷伯好奇地观察了一会儿。他觉得那脸像是属于一个饥肠辘辘、面前摆着食物却不得食之的人。终于有什么他想要的东西了,他思忖着,决定明天回来买下它。塔沃特伸手出去碰玻璃,又慢慢收回。他久久站着,仿佛没办法把眼睛从想要的那东西上挪开。是家宠物店吧,雷伯想。也许他想要只狗。一只狗没准可以带来大不同。小孩突然扭身走开。

雷伯走出门洞,走向小孩离开的橱窗。他停下了,失望的落差大得有点让他吃惊。这只是一家烘焙店。橱窗里空荡荡的,只有一条面包剩在角落,想必是夜间清理售架的人落下的。他困惑地盯着空荡荡的橱窗看了一会儿,继续追赶小孩。他厌恶地想,整个就是白忙乎。他要是吃了晚饭,就不会饿肚子了。一对男女路过,好奇地打量他的光脚。他瞪了他们一眼,一扭头看到自己毫无血色、挂

---

[1] 源自一首美国当时流行的童谣。

着耳机线的面孔映在一家鞋店的玻璃窗上。小孩倏忽消失在一条小巷里了。上帝啊,雷伯想,何时才算完?

他拐进小巷,这是条泥土路,伸手不见五指,完全看不到塔沃特在哪儿。他感觉随时会踩上碎玻璃。半路上突然冒出一个垃圾箱。一阵活像铁皮房倒塌似的巨响之后,他发现自己坐在地上,一只手和一只脚陷在某种不可名状的东西里。他挣扎爬起,一瘸一拐赶路,助听器里传来他自己的咒骂声,听起来像来自一个陌生人。在小巷尽头,他看到那个瘦削的身影在下一个街区中间一闪,他突然怒火冲天,跑了起来。

小孩又拐进另一条巷子。雷伯顽强地追了上去。第二条小巷尽头,小孩在朝左拐。雷伯赶到那条街,看到塔沃特正一动不动站在下一个街区中间。小孩鬼鬼祟祟地四下看看,突然消失不见,显然溜进了他刚才面对的那幢建筑。雷伯冲了过去。他跑到那里,突然一阵歌吟声响起,直直轰炸进他的耳鼓。两扇黄蓝色玻璃窗在黑暗中瞪着他,像《圣经》中什么怪物的眼睛。他停在那横幅前面,看着那句嘲弄的话:唯有重生……

小孩被腐蚀得如此之深,这倒没让他吃惊。令他心神不宁的是这个想法:塔沃特带进这个令人作呕的圣所的,是他本人被禁锢的模样。他气愤不已地绕着建筑跑起来,想找个窗户,好在人群中找出小孩的脸。一旦看到,他就要冲他怒吼,命令他出来。前方的窗子都太高了,不过他在后面找到一扇矮一点的。他穿过窗下乱七八糟的灌木丛,下巴正好挨得上窗台,里面好像是间小小的接待室。它对面的门开着,通向一个台子,有个穿亮蓝色西装的男人正站在聚光灯下，领唱赞美诗。雷伯看不到人群待着的大厅。他刚要走开，男人的赞美诗唱完了，发起言来。

"朋友们，"他说，"时辰到了。我们日夜期盼的今晚的时辰到了。耶稣说让小孩子到他这里来，不要阻止他们，没准是因为他知道小孩子会召唤别人来到他这里，没准是因为他知道这个，朋友们，没准他早有预感。"

雷伯愤怒地听着，但是太累了，一旦站定就懒得再动。

"朋友们，"他说，"露切特在全世界旅行，向人们宣讲耶稣。她去过印度和中国。她跟全世界的统治者都说过话。耶稣是奇妙的，朋友们。他借孩子们的嘴，教授我们智慧！"

又一个孩子被利用了，雷伯震怒地想。想到小孩的头脑被扭曲，想到小孩被牵引着脱离现实，总让他怒不可遏，让他想起自己童年被诱拐的经历。他怒视着聚光灯的方向，灯下的男人成为了一个斑点，目光涣散处，他看到自己的人生在往回倒，直到面前涌现出老头那银鱼色的眼睛。他看到自己握住那只伸来的手，天真地走出自家院子，天真地走进六年或七年远离现实的人生。换了别的孩子，没准一个星期就把魔咒抛到身后了。他却做不到。他分析过自个儿的情况，决定让这事到此为止。然而，时不时地，他依然要重返父亲把他从鲍得海德弄走的那五分钟时间。他盯着舞台上那个变得一团模糊的男人，就像透过一个透明的噩梦，又把它感受了一遍。他和舅舅坐在鲍得海德的宅子台阶上，看着父亲从树林里现身，后者也看到了田地对面的他们。舅舅朝前探身，用手罩着眼睛，眯眼打量前方，而他把紧握的拳头夹在膝盖当中，坐等着，父亲走得越近，他心脏就跳得越厉害。

"露切特跟爸爸妈妈一起旅行,我希望你们都见见他们,因为身为父母,能与世界分享独生女儿,是多么大公无私啊,"教士说,"他们来啦,朋友们,卡穆迪先生和太太!"

一个男人和一个女人走进灯光中,雷伯则一清二楚地看到那耕过的田地,看到那些阴影中的红色土脊,它们将他和正在走近的瘦长身影分隔开。他那会儿放任自己想象田地里有一股暗流,会把父亲朝后拽,吞噬掉,可他毫无阻碍地走近了,只是时不时停顿一下,把手指捅进鞋里,挖出一块土疙瘩。

"他要带我跟他回去。"他说。

"跟他回哪儿去?"舅舅吼道,"他可没地方能带你回去。"

"他不能带我回去?"

"回不到你以前那儿啦。"

"他不能带我回城吗?"

"我说的不是什么城里不城里的,"舅舅回答。

他隐隐看到聚光灯里的男人坐下了,女的还站着。她变得模糊起来,他又看到父亲,越来越逼近了,他有点冲动想要跳起来,穿过舅舅的房子,冲出后院,一头扎进树林。他想要飞跑过小路,那会儿他已经很熟悉路线了,在那滑溜溜的松针上头连溜带滑,一路向下跑啊跑,直跑进竹林,再穿过它跑到另一头,一头栽进小溪,在这个他的重生之所,这个他被舅舅把脑袋按进水里又拉起来,获得新生的地方,安安全全地躺着,尽情喘气。他坐在台阶上,腿上的肌肉绷紧了,仿佛随时可以一跃而起,不过他一动不动。他看到父亲嘴部的形状，它已经超越了气恼，超越了要咒骂的愤怒，变成了一种熊熊的怒火，足够燃烧数月而不消。

女福音传播者高个头，瘦精精的，正介绍着自己的艰辛历程，而他看着父亲走近院子边，踩上夯实的泥土地，他穿过田地费了辛苦，一张脸变成滑溜溜的粉红色。他吃力地喘着粗气。有那么一会儿，他好像打算伸手来抓他，可其实没有。他的浅色眼睛谨慎地扫过台阶上那个岩石一样、正一动不动地看着他的身影，扫过那双握拳按在粗壮大腿上的红手，扫过横在门廊上的那杆枪。他说："他妈非要他回家，梅森。我也不晓得为啥。要是我说了算，你尽管留着他好啦，可你知道她那个人。"

"一个醉醺醺的娼妓。"舅舅吼道。

"她是你妹妹，可不是我的，"父亲回答，又说，"好啦孩子，麻利点儿。"一边简单地冲他点点头。

他用尖利高亢的声音解释为啥不能回去。"我重生啦。"

"好啊，"父亲回答，"好啊。"他朝前一步，抓住他的胳膊，提着他站起来。"很高兴你修理过他啦，梅森，"他说，"多洗洗澡反正没坏处。"

他没来得及看舅舅的脸。父亲已经跳进犁过的田里，拽着他穿过犁沟，子弹在他们头顶上嗖嗖飞过。他的肩膀正抵着窗台沿儿，这时吓得耸了一耸。他晃晃脑袋，甩掉这回忆。

"整整十年，我在中国传教，"那女人正说着，"又有五年，我在非洲传教，我在罗马也传教一年，那儿的人们头脑依然被神父的黑暗所束缚；过去六年里，我和丈夫带着我们的女儿游遍世界。

它们是充满考验和痛苦的岁月,充满艰辛的磨难的岁月。"她披了件夸张的长斗篷,一侧掀起搭在肩头,露出红色衬里。

突然父亲的脸凑近了。"回到真实世界吧,孩子,"他说,"回到真实世界。这里是我,不是他,看到没?是我,不是他。"他听到自己在尖叫:"是他!他!是他不是你!我重生了,你可改不了这个!"

"基督见鬼去!"父亲说,"你要是乐意,就尽管信好啦。有啥要紧?反正你迟早会明白的。"

女人的声调变化了。扣人心弦的诉说再度吸引了他。"我们可没少吃苦。我们这个团队为了基督饱尝辛苦。我们并非总是遇到慷慨的人们。只有这儿的人们才是真正慷慨的。我是德州人,我丈夫是田纳西人,可我们游遍世界。我们知道,"她用深沉轻柔的声音说,"哪里才有真正慷慨的人们。"

雷伯听得入神。他走出自己的痛苦,感觉轻松些了,同时意识到女人是想讨钱。他已经听到有硬币丢进盘子的声音。

"我们的小姑娘六岁就开始布道。我们知道她身负使命,她得到了召唤。我们明白不能把她占为己有,所以我们忍受了艰辛痛苦,把她献给世界,今晚带她来到你们面前。对我们来说,"她说,"你们就像全世界的伟大统治者们一样重要!"说到这,她抓住斗篷边举起,活像个魔术师似的深深鞠躬。过了一会儿,她抬起头看着前方,仿佛看着什么庄严的场面,接着就这样消失不见了。一个小女孩摇摇摆摆走进聚光灯中。

雷伯倒抽一口凉气。他一眼就看出,她不是个骗子,只是被洗脑了。她十一二岁,长了张脆弱的小脸,一头黑发过于浓密沉重,几乎要把柔弱的小身体压垮了似的。她披着一件跟她妈妈一样的斗篷,一侧掀起搭在肩膀上,裙子很短,似乎是刻意为了露出那双从膝盖以下就扭曲着的细腿儿。她高举双臂,这么举了一会儿。"我想要告诉你们这世界的故事,"她用小孩响亮高亢的声音说道,"我想要告诉你们为何基督降临,他又遇到了什么。我想要告诉你们他怎样才会再度光临。我想要告诉你们都要做好准备。最重要的是,"她说,"我想要告诉你们都要做好准备,这样到了最后一天,你们会在主的荣耀中上升。"

雷伯义愤填膺,对象包括那对做父母的,那布道师,所有他看不到的坐在小孩前方的那些白痴们,他们都是把她推向堕落的罪魁祸首。她相信这些,被牢牢地锁在里面,手脚被束缚,就跟他从前一模一样,只有小孩才会落此下场。他感觉舌尖再次铺满童年的苦味,像含着一块苦涩的圣饼。

"你们知道耶稣是谁吗?"她嚷道,"耶稣是上帝的话语,耶稣是爱。上帝的话语就是爱,你们知道爱是什么吗,你们这些人?要是你们不知道什么是爱,耶稣降临时你们就无法认出他。你们就没法做好准备。我想要告诉你们这世界的故事,告诉你们爱降临时世界竟然都毫不知晓的事,这样等爱再度降临,你们就做好准备了。"

她在台上前后走动,皱着眉头,仿佛想穿透那圈追随着她的强光看到听众。"听我说啊,你们这些人,"她说,"上帝对世界发怒,因为它总贪得无厌。它想拥有和上帝一样多,它不知道上帝有什么,可它全都想要,还要更多。它想要上帝本人的呼吸,它想要他的话语,上帝就说啦,'我要让我的话语成为耶稣,我要给他们我的话语,做他们的王,我要给他们我的呼吸,做他们的呼吸。'"

"听着啊,你们这些人,"她说着,大大地挥舞着胳膊,"上帝告诉世界他要派来一个王,世界等待着。世界想,可以用金羊毛给他铺床。银子金子和孔雀尾,在孔雀尾缀上一千个太阳,可以给他做饰带。给他的母亲骑四角白兽,用日落做披风。她把这披风在身后拖着,让世界把它拖成碎片,每晚再换件新的。"

雷伯觉得她像是那种被弄瞎眼睛,好唱得更甜美的鸟儿。她有着玻璃钟一般的音质。他怜悯顿生,同情着所有被利用的孩子们——儿时的他自己,被老头洗脑的塔沃特,这个被父母利用的孩子,被活着这个事实剥削着的毕晓普。

"世界说,'还要多久,主啊,我们要等多久?'主回答说,'我的话语即将来临,我的话语即将从大卫王的家里走出。'"她顿了顿,把脑袋扭到一侧,避开强光。她阴郁的眼神慢慢挪动,终于停在窗框中间雷伯的脑袋上。他回视着她。她的目光在他脸上逗留了一阵。他心头涌起一阵深深的震惊。他相信这孩子看透了他的内心,看到了他的怜悯。他感觉他们之间建立起神秘的交流。

"'我的话语即将来临,'"她说,扭回头去面对那强光,"'我的话语即将从大卫王的家里走出。'"

她再度用挽歌般的调子说道:"耶稣降生在冰冷的稻草上,耶稣被一头公牛的呼吸温暖。'这是谁?'世界说,'这个冻得青紫的孩子,还有这个冬天一样苍白的女人?这是上帝的话语吗,这个冻得青紫的小孩?这是他的意志吗,这个冬天一样苍白的女人?'"

"听着啊,你们这些人!"她嚷道,"世界心里知道,就像你们心里知道,我心里知道一样。世界说,'爱像冷风一样割人,上帝的意志像冬天一样苍白。上帝像夏日一样的意志在何方?上帝像那些青青季节一样的意志在何方?上帝像春天和夏天一样的意志在何方?'"

"他们只好逃到埃及。"她低声说,又扭过头,这回双眼直接投向雷伯在窗框中的脸,他知道她是在找自己。他感觉自个儿被她的视线捉住了,给牢牢定在她双眼的审判席前。

"你我都知道,"她扭回头说道,"世界那会儿想要什么。世界想要老希律杀死那个真正的小孩,世界希望老希律不要杀死别的无辜孩子,可他还是杀死了他们。他没有找到真正的那个。耶稣长大了,让死人复活。"

雷伯感觉自个儿的灵魂飞升起来。然而不是那些死人!他呼喊着,不是那些无辜的孩子,不是你,不是儿时的我,不是毕晓普,不是弗兰克!他仿佛看到自己像复仇天使在世间穿行,聚起所有那些被主,而不是希律,屠杀的小孩。

"耶稣长大了,让死人复活,"她嚷道,"世界喊叫着:'让死人躺着吧。死人就是死人,就躺着好啦。我们要死人复活干啥?'哦你们这些人啊!"她高呼起来,"他们把他钉上十字架,用矛扎进他身子,然后他们说,'现在我们可以安静些啦,现在我们可以放松些啦'。终于他们又想要他了,就说希望他重返人间。他们睁开眼睛,看出来他们杀死了怎样的荣耀。"

"听着啊,世界,"她喊道,胳膊一挥,斗篷在身后飘扬,"耶稣即将重返！群山会像小狗一样趴在他脚边，星星安栖在他肩头，他开口召唤，太阳就像头鹅一般落下，供他欢宴。到那时你们认得出耶稣我主吗？群山认出他，扑向他，群星停落在他头上，太阳坠落在他脚边，可你们到那时认得出耶稣我主吗？"

雷伯仿佛看到自己和这小孩一道，逃到某个与世隔绝的园子，在那里他要教她真相，在那里他可以聚起世上所有被利用的小孩，让阳光涌进他们的思想。

"要是你们现在认不得他，将来你们也认不得他。听我说啊，世界，听听这警告。神圣的话语就在我口中！

"神圣的话语就在我口中！"她嚷着，再次扭头看着他在窗框中的脸。这回她特地仔细低头打量过来。他已经吸引了她的注意力，让她全然忘记了人群。

跟我走吧！他无声地请求，我会教你真相，我会拯救你啊，美丽的孩子！

她双眼依然紧盯着他，嘴里嚷着："我在火树中见过我主！上帝的话语是烧灼的话语，把你们烧得纯净！"她朝他的方向走来，浑然忘记了她前方的那些听众。雷伯心跳加速。他感觉他俩之间有一种奇迹般的交流。全世界只有这个小孩懂他。"要烧掉整个世界，大人和小孩都一样，"她嚷着，眼睛盯住他，"无人可以逃脱。"她在离舞台边稍远的地方停下，沉默地站着，全副身心都越过小房间，投到窗台上方他的脸上。她眼睛很大，阴暗而凶狠。他感觉就在两人当中的空间里，他们的精神，打破年龄和陌生的界限，正交流着彼此闻所未闻的知识。在小孩的沉默中他失魂落魄。突然她举起胳膊，指着他的脸。"听着啊，你们这些人，"她尖叫道，"我看到一个该死的灵魂就在我眼前！我看到一个耶稣没有让他复活的死人。他的脑袋贴在窗口上，可他的耳朵却对神圣的话语不听不闻！"

仿佛被一道无形的闪电击中，雷伯的脑袋从窗台上消失了。他蜷缩在地上，戴着眼镜的怒眼在灌木丛后头闪烁着。屋里她仍在尖叫："你们聋了，听不见我主的话语吗？我主的话语是烧灼的话语，要把你们烧得纯净，大人和小孩都烧，大人和小孩都一样啊，你们这些人！在我主的火焰中得救吧，否则就在你们自己的火中毁灭！得救吧……"

他在周身疯狂摸索，拍打衣服口袋、脑袋、胸部，却找不到可以关掉这声音的开关。突然他摸到按钮，赶紧按下。沉默、黑暗的宽慰笼罩住他，像折磨人的狂风中突然出现了庇护所。他在灌木后头瘫坐了一会，接着想起来此地的原因，心头泛起一阵对男孩的厌恶，之前要是出现这种感觉，他一定会大为震惊。现在他别无他想，只愿回家，栽倒在床上，男孩回不回来都无所谓了。

他钻出灌木，朝大门走去。他走到人行道上，礼拜堂的大门打开，塔沃特冲了出来。雷伯猝然停步。

小孩与他面面相觑，脸上的表情非常古怪，一阵接一阵的惊讶叠加起来，好像合成了一种新的表情。过了一会儿，他举起胳膊，含含糊糊地打了个招呼。看到雷伯，似乎让他得到了近乎得救的安慰。

雷伯的脸上则是关掉助听器之后惯常显出的冷漠。他根本没看到男孩的表情。愤怒让他对一切视而不见，只是模模糊糊看到他的身影，看到它构成一个绝不妥协的反抗姿态。他粗暴地抓住他的胳膊,拽着他走了起来。他俩飞快地走着,仿佛都恨不得赶紧离开这里。一起走到街区尽头之后,雷伯停住脚,把小孩拽到面前,怒视着他的脸。他怒不可遏,没看出小孩的眼里头一回流露出屈服的意思。他猛地打开助听器,恶狠狠地说:"希望你喜欢这出戏啊。"

塔沃特的嘴唇抖动着。接着他低声说:"我是来唾弃它的。"

教书匠仍旧怒视着他。"我看可不一定。"

小孩没作声。他好像在那房子里受了什么打击,舌头再也灵活不起来了。

雷伯转过身,他们默默走着。一路上任何时候,他要是把手搁上身边的肩膀,对方都不会退缩,但他没做任何举动。他满脑袋翻腾着旧恨。他得知毕晓普未来命运的那个下午突然闪回脑海。他看到自己生硬地面对医生,那人让他想起一头公牛:没心没肺,麻木不仁,一边跟他说话,一边心思已经转向下一个病人。他说:"你该庆幸他还挺健康的。要知道,我可见过天生就是瞎的,还有的没有胳膊腿儿,还有过一个心脏长在体外的。"

他跳了起来,几乎想揍这人一顿。"我怎能因为,"他嘶哑道,"有一个——就一个——生来心脏就在体外的人,就觉得庆幸呢?"

"最好这么想。"医生建议。

塔沃特走在他身后,雷伯一眼也没有回头看他。怒火似乎在深埋死寂多年之地重燃,不断升腾,越来越迫近他的平静的纤细根部。到家后,他一进门就直接扑上床,也没扭头看看小孩苍白的脸,后者这时虽然一脸疲态,却也有点期待,在他房门口徘徊了片刻,仿佛想等他邀请自己进屋。

第六章

第二天，他意识到机会稍纵即逝，但已为时晚矣。塔沃特的脸又变得生硬起来，眼中强硬的锋芒让人想到拦阻不速之客的大铁门。雷伯心里很痛苦，他清醒而不无寒意地意识到自己的人格一分为二了——一个粗暴的自我和一个理性的自我。粗暴的自我让他把男孩看成敌人，而他知道再也没有比屈服于这种倾向更不利于情况改善的了。他做了一个狂乱的梦，他在一条无穷无尽的巷子里追赶塔沃特，巷子突然一扭，拐回了头，颠倒了追逐者和被追逐者的角色。小孩赶上他，往他脑袋上雷鸣般一记猛击，旋即消失不见。这孩子人一不见，他的心头就大大松了口气，以至梦醒时还在指望他的客人已经离开了。他立刻对这种感觉羞愧难当。他为这天制定了一个理性的、累人的计划，十点钟时候，他们三人已在通往自然历史博物馆的路上。他打算给小孩介绍他的祖先，鱼类，好让他开开眼，还要让他明白所有那些未曾展开任何探索的时间是多大的浪费。

他们走过一段昨夜路过的地方,不过对此不置一词。除了雷伯眼睛下面的皱纹,他俩没有流露任何痕迹表明有过这么一场夜行。毕晓普独自笨拙地走路,时不时蹲下,从人行道上捡起什么玩意儿,塔沃特为了避免受他们牵连,走在足足四英尺远的另一侧,稍稍领先。我一定要无限耐心,我一定要无限耐心,雷伯不断提醒自己。

博物馆位于他们不曾走过的城市公园另一头。到了公园门口,小孩的脸色又苍白了几分,好像城市中心有一片树林也能让他大吃一惊。进了公园,他停下脚步,瞪眼打量周围的大树,它们古老的枝叶摩挲着,在高处彼此交织。片片光斑从缝隙漏进,在水泥小路上撒下阳光。雷伯注意到他有点心烦意乱,旋即意识到这地方让他想起了鲍得海德。

"我们坐坐吧,"他提议,既为了休息,也想观察一下小孩的不安。他坐在长凳上,把腿伸在前方。他忍受着爬上他膝盖的毕晓普。娃娃的鞋带松了,他把它系紧,一时忘了站在身边、怒气冲冲不耐烦的男孩。系好鞋带后,他继续搂着趴在他膝头傻笑的娃娃。毕晓普长着白发的脑袋顶着他的下巴。在它上方,雷伯悠然出神。接着他闭上眼睛,在隔绝一切的黑暗中,忘掉了塔沃特的存在。毫无预警地,他憎恶的那种爱攥住他,钳住他。他本该警醒一点,不让娃娃爬上他膝盖。

他额头上沁满汗珠;那模样好像被钉在了长凳上似的。他知道只要有一回能征服这种痛苦,直面它,凭借意志的超凡努力拒绝感受它,他就将是一个自由的人。他僵硬地搂着毕晓普。娃娃尽管引发了这种痛苦,却又控制了它,局限住它。他明白这一点,是在一个试图淹死娃娃的可怕下午。

他带他去两百英里外的海边，打算让事故尽快了结，孤家寡人地返回。五月美好平静的一天。几乎空无一人的海滩延伸进渐渐上涨的海水。眼前别无他物，只有大片海水，天空，沙滩，偶尔远方有个小棍儿似的人影。他扛着娃娃下海，水齐胸时，把兴高采烈的娃娃往上一举，高高抡到空中，再猛地抛下，脸朝下按进水里，他不曾低头看这勾当，而是抬眼往上，盯住那洞悉一切、不动声色的天空，后者既不怎么蓝，也不怎么白。

手下开始传来疯狂的挣扎，他冷酷地越来越用力往下按。有那么一瞬，他感觉是在按住一个巨人。他好不震惊，忍不住看了一眼。水下的脸气愤地扭曲着，因为求生的原始怒火而变形。他不自觉地松开双手。等他意识到这一行为，不由再次愤怒地全力按下，直到手下的挣扎停止。他站在水中，大汗淋漓，像娃娃刚才一样大张着嘴。小身体被一股暗流带着，快从他手中漂开时，他及时清醒了过来，抓住它。然后，他看着它，预想到自己没有这个孩子的余生，突然惊恐万状。他疯狂地叫喊起来。他拖着这绵软的身体，费力地穿水行走。他之前以为空荡荡的海滩突然全是四面八方涌来的陌生人。一个穿红蓝条纹短裤的秃顶男人立刻开始做人工呼吸。三个号啕的女人和一个摄影师也冒了出来。第二天报上登了张照片，救人者的条纹屁股冲着画面，正在抢救小孩。雷伯跪在旁边，一脸痛苦。大标题是：儿子死里逃生，父亲欣喜若狂。

男孩的声音粗暴地打断了他。"你就知道照顾个白痴！"

教书匠睁开眼睛。它们充血、茫然。他仿佛脑袋挨了一记，刚刚醒来。

塔沃特在他身边，怒不可遏。"想来的话就快点，"他说，"不来的话，我就忙自己的事去啦。"

雷伯没有回答。

"再见啦。"塔沃特说。

"你去哪里忙你的事呢？"雷伯尖酸地问，"另一个圣所吗？"

小孩脸红了。他张开嘴，却说不出话。

"我照顾的是个白痴，但是你都不敢看他，"雷伯说，"看着他的眼睛。"

塔沃特胡乱朝毕晓普的头顶扫了一眼，立刻调开眼光，像手指在烛火上烫了一下。"还不是跟我不敢看狗差不多。"说着他转过身去。过了一会儿，仿佛继续着刚才的话题，他低声道："跟给狗施洗也差不离儿嘛。都一样没用。"

"谁在说什么施洗的事啊？"雷伯说，"那是你惦记的事之一吗？你是从老头那学的这一套吗？"

小孩猛地转身面对他。"我告诉你了，我去那里就是去唾弃它的，"他的声音很紧张，"我不会再说第二次了。"

雷伯一声不吭地看着他。说了几句挖苦话，他感觉倒是缓过来了。他推开毕晓普，站起身。"我们走吧。"他说。他打算这个话题到此为止，不过默默赶着路，他又改了主意。

"听着弗兰克，"他说，"我愿意相信你是去唾弃它的。我从没怀疑过你的智力。你做的一切，你来了这里这件事本身，都证明你超越了你的背景，已经打破了老头给你设置的障碍。毕竟，你从鲍得海德逃出来了。你很勇敢,用最快的方式料理了他,离开了那里。而且一离开,你就直接来了该来的地方。"

小孩伸手从树枝上扯下一片树叶,嚼了嚼,做个鬼脸,把树叶团起来丢掉。雷伯没有停下,声音不卑不亢,仿佛他其实无动于衷,只是充当着像空气一样客观的真理之声。

"就算你是去看笑话的吧,"他说,"问题在这里:根本没必要去看它笑话。它不值得笑话。它没那么重要。你多少在心里夸大了它的重要性。我过去时常因为老头生气,但是后来我明白过来了。他不值得我恨,他也不值得你恨。我们只该怜悯他。"他狐疑着小孩能否拥有平静的怜悯之情。"你得避免极端。它们属于暴力者,而你不能……"他被打断了,因为毕晓普松开他的手跑开了。

他们现在走到公园中央,这里有一圈水泥路,中间安个喷泉。一个石狮嘴里涌出水来,流进一个浅浅的水池,娃娃像风车一样挥舞着胳膊,飞奔过去,立刻翻过边缘进了池里。"来不及了,真见鬼,"雷伯嘟囔道,"他进去啦。"他瞄了一眼塔沃特。

小孩步子迈了一半,突然呆若木鸡。他盯着池塘里的娃娃,但是双眼烧灼着,好像看到了什么可怕但又引人关注的景象。阳光闪耀在毕晓普的白发上,娃娃神情凝重地站在水里。塔沃特朝他走去。

他似乎被水中的娃娃吸引,同时似乎又往回拽着,既被吸引着,又为了避开这引力,费着同样的气力。雷伯又困惑又狐疑地观察着,站在他身边一点,慢慢跟随。小孩走近池塘,面孔变得越来越紧张。雷伯觉得他似乎是两眼茫然地走着,毕晓普所在之处,他只能看到一团光亮。他感觉眼前大有深意,他若能明白这事,就抓到了掌握小孩未来的钥匙。他不由得肌肉绷紧,做好行动的准备。突然他强烈地意识到危险,不由喊了出来。灵光乍现的一刻,他恍然大悟了。塔沃特正在走向毕晓普,要给他施洗。他已经走到池塘边了。雷伯跳起来冲过去,把娃娃从水里拽出来,丢到水泥路上,任他号啕大哭。

他心脏愤怒地狂跳。他觉得自己刚刚阻止了男孩去干一件极可怕的丢人事。他现在豁然开朗了。老头把自个儿的偏执传给这男孩,让他觉得必须给毕晓普施洗,不然就会有什么可怕的恶果。塔沃特一只脚踩卜水池的大理石边。他朝前俯身,胳膊肘抵着膝盖,越过池边打量水中自己破碎的影子。他双唇翕动,好像正无声地跟池子里正在拼起的脸说话。雷伯一声不吭。他意识到小孩受的是怎样严重的折磨。他知道没办法用讲道理来打动他。不可能跟他理智地讨论这事,因为它是一种强迫症。他想不出来还有什么办法可以治愈他,也许除了靠某种打击,突然之间让他扎扎实实地直面这种徒劳,直面执行这种空洞仪式的可笑荒谬。

他蹲下来,给毕晓普脱掉湿透的鞋子。小孩停止号啕,变成无声的哭泣,脸涨得通红,扭曲着,丑陋不堪。雷伯看向别处。

塔沃特走远了。他绕过池子,奇怪地躬着背,好像被鞭子驱赶着似的。他正走上一条浓荫密布的狭窄小路。

"等等!"雷伯嚷道。"我们现在去不了博物馆啦。我们得回家,给毕晓普换鞋。"

塔沃特不可能听不见,不过他没停下脚步,立刻消失不见了。

该死的乡间树林来的白痴,雷伯咬牙切齿地说道。他呆呆地瞪着男孩消失的那条小路。他不急着追上去，因为知道他会回来，他被毕晓普拴住了。他现在感到窒息，因为知道肯定摆脱不了这孩子。他会一直缠着他们，直到完成了来这儿的目的，或者被治愈。老头在杂志封底潦草写下的那句话浮上心头：我要把这孩子培养成先知，他将会把你的眼睛灼烧干净。这句话像是一个重新发出的挑战书。我会治愈他，他咬牙道。我会治愈他，至少也要搞清楚为什么。

第七章

切罗基旅舍由一个两层楼仓库改建而成，一楼刷成白色，二楼绿色。旅舍一头坐落在陆地上，另一头建在一个玻璃一样的小湖上，用桩子撑着，湖对岸是浓密的树林，绿色黑色一路连到灰蓝色天际。房子正面很长，贴着啤酒和香烟广告，从一条泥土路和一长块紫苑草过去三十英尺，就是一条公路。雷伯曾路过这里，不过从未有兴趣停下。

他挑了这里，因为它离鲍得海德只有三十英里，而且便宜，所以第二天他带着两个孩子赶来，正好让他们来得及四处走走看看再吃饭。来的一路上安静得有点压抑，男孩坐在车里习惯的角落，像个不愿屈尊说这里话的外国要人似的——身上穿戴的脏兮兮帽子、臭烘烘背带裤，都像是用来示威的民族服装。

雷伯夜里想出了计划。那就是带他回鲍得海德，让他看看自己干的事。他觉得，要是再度看到、感受下这个地方，可以带来点真正的震动的话，小孩的创伤就有望不治而愈。他那些莫名其妙的恐惧和冲动都会爆发出来，而舅舅——同情、睿智，正好能理解他——可以在他身边，给他解释这些事情。他没说他们要去鲍得海德。小孩只知道这是去钓鱼。他觉得在实验开始之前，坐船放松一个下午，有助于缓解紧张，这既是对他自己而言，也是对塔沃特而言。

开车时，他的思绪被打断了一回，毕晓普的脸突然在后视镜里冒出，旋即消失，他想越过前排靠背，爬到塔沃特腿上。男孩扭过脸，看也不看就对气喘吁吁的娃娃用力一推，把他推回后座。雷伯的近期目标之一是想让他明白，给这娃娃施洗的冲动是一种病态，而恢复健康的标志之一就是敢看着毕晓普的眼睛。雷伯觉得一旦可以看着这娃娃的眼睛，他就可以得到一点信心，相信自己有能力抵御给他施洗的病态冲动了。

下了车，他仔细打量男孩，试图捕捉他重回乡间的第一反应。塔沃特呆立片刻，高昂着头，好像嗅到湖对岸的松林里飘来什么熟悉的气味。他的长脸从球茎形状的帽子里垂下，让雷伯想到从地里猛拔出来暴露在阳光中的根茎。小孩眯缝着眼睛，所以他视线中的湖想必是缩成刀刃似的细细一条。他带着一种奇特的毫不掩饰的敌意打量湖水。雷伯甚至觉得，小孩的目光一触及它，身体就颤抖起来。至少可以确定他握紧了双拳。小孩的怒目渐渐平静下来，接着，他用通常那种急躁的步伐，头也不回，绕着房子走了起来。

毕晓普爬出车，把脸埋进父亲体侧。雷伯心不在焉地把手放在娃娃的耳朵上，小心地摸了摸，手指感觉刺痛，仿佛触到什么旧伤口的敏感伤疤。接着，他把娃娃推开，提起包，朝旅舍纱门走去。

走到门口的时候,塔沃特飞快地从房子一头绕了过来,脸上鬼鬼祟祟的神情让雷伯觉得自己被跟踪了一样。他对男孩的感情在两个极端波动,既同情他那魂不守舍的模样,又因为他对自个儿的态度愤慨不已。塔沃特这神情,好像哪怕看他一眼都要费好大劲才能做到似的。雷伯推开纱门走进去,任由两个小孩跟在身后,随便他们来不来吧。

屋里很暗。他辨认出左边是服务台,后头有个相貌平庸的胖女人,撑着胳膊肘站着。他放下包,对她报了自己的名字。他感觉她虽然眼睛对着他,其实是在注意他身后。他回头看去。毕晓普在几英尺远处,张嘴看着她。

"你叫啥名啊,小宝贝?"她问。

"他叫毕晓普。"雷伯立刻回答说。有人盯着这小孩看,总让他心烦意乱。

女人同情地歪着脑袋说:"我猜你是带他出门,好让他妈稍微清静清静吧。"她的眼里充满好奇和怜悯。

"都是我带他,"他说,情不自禁又补充道,"他妈抛弃了他。"

"不会吧!"她倒吸一口凉气。"哟,"她说,"真是什么女人都有。要是我可离不开这样一个孩子。"

你连眼睛都不能从他身上离开呢,他烦躁地想,开始填卡片。"那些船租吗?"他头也不抬问。

"客人免费,"她说,"不过要是有人淹死,那也是他们自个儿的事。他行吗?他能在船里坐稳吗?"

"他从没出过事。"他低声道,填完卡片,把它掉个个儿推还给她。

她读着卡片，接着抬眼盯着塔沃特。他站在毕晓普后头几英尺远的地方，狐疑地四下打量，双手插在口袋里，帽子拉下。她皱起眉头。"那小孩——也是你的？"她用笔点着他，好像无法置信。

雷伯意识到她一定以为他是雇来做向导的。"当然，他也是我的。"他飞快地用小孩不可能听不见的声音回答。他刻意想要他感觉到，他是被需要的，不管他自个儿是否愿意被人需要。

塔沃特抬起头，回瞪着那女人。他跨前一步，朝她探过脸去。"你什么意思——他的？"他问。

"他的啊，"她后退一点答道。"你看起来一点不像。"接着她皱起眉头，仿佛这么多看一会儿，就看出点相像之处来了。

"我不是，"他说。他从她手中抓过卡片读了起来。雷伯写的是，"乔治·F. 雷伯，弗兰克和毕晓普·雷伯。"还有他们家的地址。小孩把卡片放在桌上，抓起笔，那样用力捏着，指尖都发红了。他划掉弗兰克这个名字，在下方用老人一本正经的字体写了点什么。

雷伯无能为力地看着女人，抬起肩膀，好像在说"我的问题不止一个"。然后耸了耸肩，不过这个动作演变成一阵剧烈的颤抖。他恐慌地意识到自己的嘴角快速抽动了一阵。他突然有种不祥的预感，觉得要是想拯救自己，就该立刻离开，这旅行已经完蛋了。

女人递给他钥匙，狐疑地看着他说："从那里的楼梯上去，右手方向第四扇门。我们没人拎行李。"

他接过钥匙，爬上左边一段摇摇晃晃的楼梯。半路上他停下，用一点仅存的权威说："你上来的时候把行李拎着，弗兰克。"

小孩正在给卡片上的文章收尾,没有任何反应。

女人好奇的目光一直追着雷伯上楼梯,直到他消失。他的脚走到她脑袋的高度时,她注意到他穿了一只棕色袜子和一只灰色袜子。他的鞋不算太旧,不过他大有可能每晚都穿着那泡泡纱外套睡觉。他真该理个发了,眼神也怪怪的——像是什么人被捕兽夹子夹住了似的。来这儿是为了发神经病嘛,她心里说。她转过脑袋,目光落在两个小孩身上,他们都没挪动。换了谁不会呢?她自问道。

有病娃娃看来想必是自己穿的衣服。他戴了顶黑牛仔帽,穿一条卡其短裤,虽说他臀部瘦小,但裤子也还是太紧了,上身的黄色T恤好像很久没洗。他的两只高筒靴鞋带都松了。他上半身看起来像个老头,下半身像个小孩。至于一脸夹生相的另一位,又抓起登记卡片,正在重读自己写的东西。他读得全神贯注,没注意到娃娃伸手来摸他。娃娃一碰到他,这个乡下孩子就双肩一耸。他猛地抽开被碰到的手,插到口袋里。"别碰!"他高声说,"走开,别烦我!"

"你这孩子,跟那样的人说话要注意点哦!"女人低声提醒他。

他盯着她,好像这是她头回跟他开口似的。"哪样的人?"他低声道。

"就是那种人啊。"她恶狠狠地瞪着他,好像他亵渎了神圣似的。

他回头看看那个有病的娃娃,女人被他脸上的表情吓了一跳。他好像只看着那娃娃,别的什么都没看见,他周围没有空气,没有空间,没有虚无,好像他的目光滑进去,钻进娃娃眼睛里,还继续往里钻啊钻啊钻。过了一会儿,娃娃转身,歪歪扭扭地朝楼梯走去,乡下男孩紧跟其后,那样直勾勾的,仿佛有一根绳子拴着似的。娃娃手脚并用爬上楼梯，每次都朝后高高地踢腿。突然他转过身坐下，结结实实地挡住乡下孩子的路，两腿朝前伸，显然在等着给他系鞋带。乡下孩子停下，一动不动。他弯腰对着娃娃，活像中邪了似的，长胳膊不知所措地弯着。

女人困惑地看着。他不会系的，她想，他可不会。

他弯下腰，开始系鞋带。他生气地皱着眉头，系好一只，又系另一只，娃娃看着他，完全被这动作吸引住了。男孩系好鞋带，站直身体，生气地说："现在快走吧，别用这破鞋带烦我了。"娃娃翻过身，手脚着地爬起楼梯，弄出很大的响声。

女人被这善举弄得有点迷糊，她召唤道："喂，孩子。"

她本想说"那你是谁的孩子呢？"，不过她什么都没说，她嘴巴张开，却吞下了问话。他那双转过来俯视着她的眼珠子，就像即将天黑，最后一线日光已经退去，月亮尚未升起时湖水的颜色，有那么一瞬，她好像看到有什么东西从它们的表面一晃而过，一道失落的光线，不知从何而来，不知去向何方。他俩一言不发，面面相觑了一阵。最后，她相信自己其实什么也没看到，咕哝了一句："不管你打算干啥鬼事儿，都别在这干。"

他依然低头盯着她。"光说个不可不成，"他说，"得做出来才算。你得做出来。得做出来，才能说明你要做它。你得做件别的事，才能说明你不想做什么事。你得做出个了结才成。不管用什么方法。"

"你在这儿啥也不许干，"她说，狐疑他会在这儿干什么。

"我可从没说过要来这，"他回答，"我可从没说过要有这么个湖摊在我眼前。"说着他转身走上楼梯。

女人两眼瞪着前方,这么瞪了一会儿,好像看到自个儿的思想给竖在面前,像墙上无法辨认的字似的。接着她低头打量起柜台上的卡片,把它翻个个儿。"弗兰西斯·马里恩·塔沃特,"他写的是,"来自田纳西的鲍得海德,不是他儿子。"

第八章

午饭后，教书匠提议他们弄条船，去钓会儿鱼。塔沃特能感觉出他又在观察自己了，那双犀利的小眼睛藏在眼镜后头。他自打他一来就观察起他，不过现在换了一种方式：他开始为了某个计划而观察他。这场旅行是一个设计好的陷阱，不过小孩没心思去躲避。他的全副身心都用来躲开那个他感觉到对他设下的更大更深的陷阱了。在城里过的第一晚，他就完全弄明白了，教书匠是无足轻重的——啥也不是，就是个诱饵而已，简直是对他智商的侮辱——之后他的心思都用于没完没了地跟他面对的沉默厮斗，它要求他给娃娃施洗，立刻展开老头为他准备好的那种人生。

那是一种奇特的殷殷的沉默。它似乎笼罩他周身，像一个隐形的国度，他始终在它的边界徘徊，一不小心随时可能翻越过去。时不时地，在他们漫步城市的时候，他扭头一看，会发现就在身边，自己的影像在某扇商店橱窗上冒出，透明如蛇皮。它与他齐头并进，仿佛一道粗暴的鬼魂,已然穿越而来,跑到这一头谴责他。他要是把头扭到另一侧,就会看到弱智娃娃正拽着教书匠的外套看着他。他眼歪嘴斜地笑着,不过额头显出正在评判的严厉神色。除了偶然的意外,男孩从不看娃娃头顶以下,因为那沉默的国度仿佛从他的眼睛里再度映现。它在那里铺展开来,无边无际,清澈可鉴。

塔沃特其实没必要碰他,就足以有上百个机会给他施洗了。每次诱惑到来,他都感觉到沉默即将包拢上来,他就要在其中永远沦陷。他本来早该沦陷了,幸好有那智慧之声——给舅爷爷挖坟那会儿一直陪着他的那个陌生人——始终在帮他。

说什么感觉哟,他的朋友——已经不再是陌生人啦——说道。说什么情感哟。你需要的是一个信号,一个真正的信号,先知才会遇到的那种。要是你是个先知,那你就该得到先知一样的对待嘛。约拿磨蹭的时候,被困在黑暗的鱼腹中整整三天,然后被吐到他该完成使命的地方。[1] 那就是一种信号了;那可不是什么感觉哟。

我竭尽全力让你走正道。可瞧瞧你自个儿,他说——跑到那个什么上帝的妓院,像头猿猴一样坐那儿,听那小女孩胡扯八道。你以为在那儿能看到啥哟?你以为能听到啥?上帝都是亲自跟先知们说话,可他从没跟你说过话,从没对你抬过一根手指头,从没给你打过什么手势。至于你肚肠里那怪事情,那是你自个儿造成的,跟上帝可没关系。你小时候肚里长虫。十有八九现在又长啦。

进城头一天,他意识到肚子里那怪事情,一种奇特的饥饿感。

---

[1] 事见《旧约·约拿书》第 1 章。

城里的食物只会让他没精打采。他和舅爷爷吃得很好。老头就算没为他做过别的好事，至少总把他的盘子堆得冒尖儿。从没有哪个早上，他不是闻着煎肥肉的油香醒来的。教书匠对于给他吃的东西根本没用心思。吃早饭，他就从一个纸盒里倒点片片出来；中午他用白面包做点三明治，晚上带他们去餐馆，每晚换一家不同肤色的外国人开的馆子，照他的说法，是为了让他明白别的民族的人怎么吃饭。小孩才不关心别的民族的人怎么吃饭。他离开馆子时总是饥肠辘辘，肚子里直别扭。自打坐在舅舅尸体对面吃完那顿早饭之后，他就没吃过像样的食物，饥饿感变得好像他体内一股执着的沉默力量，一种和外部的沉默近似的、内部的沉默，就好像那巨大的陷阱几乎没给他任何逃路，一线能让他免遭侵蚀的机会都没留给他。

　　他的朋友固执地拒绝把这饥饿当成一种信号。他指出，先知们都吃得很好。以利亚曾被丢在罗腾树下等死，睡着之后有个上帝派来的天使降临，唤醒他，给他吃了一块炭烧的饼，而且这么干了两回，然后以利亚就起来继续完成他的使命了，靠两块炭烧的饼挨过了四十个日夜。先知们可不会为了肚子饿发愁，他们会被我主慷慨地喂饱，而发给他们的信号总是明明白白的。他的朋友建议他得等个明明白白的信号，而不是一阵肚子饿，或者什么橱窗里自个儿的映像，得来个明明白白的信号，一清二楚，实实在在——石头上突然迸出水花，比如说吧，或者任由他指挥的火焰，横扫过去、指哪烧哪，比如烧掉那个他特地跑过去唾弃的圣所。

　　他在城里的第四晚，听那女孩布道回来之后，他从慈善会女人的床上坐起，举起揉成一团的帽子，像在威胁那沉默似的，以此提出要求，要从我主那里得到明明白白的信号。

现在我们来看看你是哪种次的先知吧，他的朋友说。我们来看看我主是怎么安排你的吧。

第二天教书匠带他们进了一个公园，那里树木如织，围得像个小岛似的，汽车不得驶入。他们刚进门，他就感觉血液里一阵肃穆，大气中有一种沉寂，仿佛空气正被清洁，迎接天启到来。他本想转身跑开，不过教书匠坐在凳子上假装瞌睡，腿上抱着弱智。树丛浓密，彼此摩挲，他的心灵之眼看见那片林中空地。他想象着在它中央，两个烟囱之间，那焦黑的所在，就看到灰烬中冉冉升起他自个儿和舅舅的床，都烧光啦，只剩框架。他张嘴喘起气来，教书匠醒了，跟他搭话。

他引以为傲的是，从头一晚起，他就以黑佬的狡黠回答他的问题，什么信息也不透露，一问三不知，每次回答问题，都能弄得舅舅怒不可遏，皮肤红一块白一块，怒火一览无余。他老练地应付了几句，教书匠便同意继续赶路了。

走到公园深处，他又感觉到神秘的趋近。他本想转身逃开，可它瞬间来袭。道路变宽了，他们面前展开公园中心的一片空地，一圈水泥路，中央有个喷泉。水从石狮嘴里涌出，淌进下方的浅池，弱智娃娃一看到水就怪叫一声扑过去，胳膊直拍，活像笼子里放出的什么东西。

塔沃特洞悉了自己该往哪去，洞悉了自己该做什么。

"来不及了，真见鬼，"教书匠嘟囔道，"他跌进去啦。"

娃娃咧嘴站在池里，慢吞吞地踩踩，似乎喜欢水渐渐渗进鞋里的感觉。太阳之前总躲在这团那团云朵后头,此刻也在喷泉上方突然露面。一阵炫目的光落在大理石狮子毛发纠结的脑袋上,给它嘴里涌出的水流镀上金边。接着这光线更加轻柔地落下,像一只手停在娃娃的白发脑袋上。他的脸像是一面镜子,阳光在此逗留,打量自己。

塔沃特朝前走去。他感觉到寂静中自有一种特别的紧绷。老头没准就在附近潜伏,屏住呼吸,等待洗礼。他的朋友沉默着,好像在这显而易见的存在面前,大气也不敢出了。每朝前迈一步,小孩都竭力后退,不过他依然走向了池子。他走到池边,抬脚迈过边缘。鞋子刚挨到水面,教书匠就扑过来,把弱智拽了出去。娃娃的号哭打破了寂静。

塔沃特抬起的脚缓缓落在池边,他靠在那里打量水中,水面上有张波动的脸似乎正打算拼凑成形。渐渐它清晰静止了,憔悴、形同十字架。他在它眼底看出一种饥饿。我没打算给他施洗,他说,把这沉默的话语抛向沉默的脸。我要先淹死他。

那淹呗,脸仿佛如此回答。

塔沃特后退一步,大吃一惊。他皱着眉头,站直身子走开。太阳又躲起来了,树枝当中都是黑洞。毕晓普仰天躺着,脸通红变形,号哭不停,教书匠站在他上方,双眼盯视着什么不可见之物,倒好像收到天启的人是他似的。

哟,那就算是你的信号啦,他的朋友说——太阳从云后头冒出,落在一个弱智脑袋上。这种事一天发生五十次也没人在意哟。还多亏那教书匠救了你,而且出手及时。要是就靠你自个儿,你一准已经干了那事，从此一发不可收拾。听着，他说，你得停下这种把发疯当使命的做法。你可不能一辈子让自个儿犯蠢。你得抵制住诱惑，把它抛开。你施洗了一回，这辈子就只有没完没了干下去了。这回是个白痴，下回没准还是个黑佬哩。趁着还来得及，赶紧拯救拯救你自个儿吧。

不过小孩还处在震惊当中。他走进公园深处，走上一条几乎看不见的小路，对这声音几乎充耳不闻。等他终于回过神来，发现自己坐在一条长凳上，低头看着自个儿的脚，旁边两只鸽子正晕头转向地绕圈。长凳另一侧坐了个灰头土脸的人，正研究着自己鞋子上的一个破洞，不过塔沃特一坐下，他就转过脸来，仔细研究起男孩。最后他伸手扯了扯塔沃特的袖子。小孩抬起头，迎面看到一对镶着黄边的发白眼珠。

"跟我学着点，年轻人，"陌生人说，"甭让什么蠢货来告诉你该干啥。"他狡猾地笑了笑，目光里流露出不怀好意的示好，让人想要避而远之。他的声音听起来很熟悉，但他的模样真不讨喜，像一团污渍似的。

小孩赶紧起身走开。真是个有趣的巧合哟，他的朋友评价道，他居然说了我一直在说的话。你以为我主在你周围布满陷阱。其实根本没啥陷阱。啥都没有，只有你给自个儿布下的玩意儿。我主没在琢磨你，也不晓得你存在，就算晓得也不会打算怎样。你在这世界上孤零零的，只能跟你自个儿打听、感谢，或者做评判；只有你自个儿哟。还有我。我永远不会抛下你的。

他在切罗基旅舍一下车就看到那个小湖。它躺在那儿，玻璃一样,纹丝不动,倒映出一丛树冠,还有无边无际地笼罩其上的天空。它看起来如此一尘不染,仿佛刚刚才由四位高大的天使为他放下,供他给娃娃施洗。他膝头涌出一阵无力感,抵达胃部,又向上延伸,让他下巴一阵抖颤。放松些,他的朋友劝道,哪儿都有水。它又不是昨儿才造出来的。不过记住:水的作用可不止一种。时辰不是到了吗?你不是终于该干点啥,干一件事来证明你不打算干另一件了吗?你无所事事的时候难道不该结束了吗?

他们在大厅黑暗的另一头吃午餐,开旅舍的女人在这里卖餐饮。塔沃特狼吞虎咽。他全神贯注,连吃六个塞满烤肉的小面包,喝了三听啤酒。他简直像在为一场长途旅行,或为了某个会弄得他精疲力竭的行动做准备。雷伯观察着他对拙劣食物横生的这种食欲,判断他是犯了强迫性暴食症。他寻思啤酒会不会让他舌根松动些,不过在船上他一如既往地阴沉。他弯腰坐着,帽子拉低,皱眉瞪着他的鱼线消失在水中的地方。

他们设法趁着毕晓普还在旅舍里,把船从码头划开。女人把他拉到一个冰箱前,取出一根绿冰棒,帮他举着,一边着迷地盯住他神秘莫测的脸。他们划到湖中间,他才啪嗒啪嗒跑上码头,女人追在后头。她及时地一把抓住他,没让他一头栽进水里。

船上的雷伯慌忙伸手一抓,叫了起来。旋即他脸红了,皱起眉头。"别看,"他说,"她会照顾他的。我们得歇歇。"

小孩阴郁地看着差点出事的地方。视野中一片白亮,娃娃在其中像个黑点。女人让他转过身,带他走回旅舍。"他要是淹死了,也算不上什么大损失吧。"他评论道。

雷伯瞬间看到自己站在大海中,抱着小孩软绵绵的身体。他不由一个激灵,赶紧从脑海里驱开这画面。旋即他意识到塔沃特注意到了他的失态;小孩正饶有兴味地打量着他,若有所思,好像马上就窥破什么秘密了。

"那类孩子不会出事的,"雷伯说,"再过一百年,人们没准有办法让他们一出生就安眠。"

小孩表情里有什么在挣扎,仿佛是一场赞同与不齿之间的交战。

雷伯皮肤下血液灼烧起来。他努力按捺住坦白冲动。他朝前探去;嘴张开又闭上,最后干巴巴地说:"我有一回想淹死他。"他对男孩可怕地一咧嘴。

塔沃特双唇一动,好像只有它们听到了,不过他一声不吭。

"那是一场精神崩溃,"雷伯说。水面发亮,他每次抬眼或者看出去,看到亮光在水面上的反光,都恍惚以为看到的是白焰。他把帽檐儿整个翻下。

"你没这胆子,"塔沃特说,好像还嫌不够准确。"他一直跟我说你啥也干不成,成不了事。"

教书匠朝前探身,咬牙切齿道:"我反抗了他,干成了这事。你干了什么?没准你用最快的办法料理了他,可要想永远反抗他的意志,光靠那可不成。你能确定,"他说,"能确定已经克服他了吗?我表示怀疑。我觉得你这会儿还被他给拴着。我觉得你没我的帮忙,就不可能摆脱他。你有好多问题不可能光靠自个儿解决。"

小孩皱眉不语。

光亮凶残地刺痛雷伯的眼球。他觉得自己没办法一下午都忍受这个。他必须不顾一切单刀直入。"回到乡村,感觉如何?"他吼道,"想起鲍得海德没有?"

"我是来钓鱼的。"小孩恶狠狠地说。

去你的吧,舅舅想,我只是不想让你变成疯子罢了。他手里那根没有上饵的鱼线垂在明晃晃的水面上。他感觉发疯一样想谈谈老头。"我记得第一次看到他的时候,"他说,"我差不多六七岁。我在院子里玩,突然感觉有什么东西挡在我和太阳之间。是他。我抬头就看到他,那双疯狂的银鱼色眼睛低头看着我。你知道他对我说了什么吗——对一个七岁小孩?"他模仿起老头的声音,"'听着孩子,'他说,'我主耶稣基督派遣我来找你。你必须重生。'"他笑了起来,一双愤怒、发肿的眼睛瞪着小孩。"我主耶稣基督如此关怀我,竟然派了一位代表前来。什么是灾难?我信了他就是灾难。有五六年。我什么都不想,只惦记这事。我等待着我主耶稣。我以为我重生了,一切都将变得不同,或者已经变得不同了,因为我主耶稣对我非常在乎。"

塔沃特在座位上扭了扭。他仿佛隔着一堵墙听着。

"吸引我的是那双眼睛,"雷伯说,"小孩容易被疯子的眼睛吸引。成年人懂得排斥它。小孩不懂。小孩倒霉啊,什么都信。"

小孩记起了这话。"不是所有。"他说。

教书匠勉强一笑。"有些以为自己不会,其实一样,"他说,感觉又夺回了控制权。"要抛开它可不像你以为的那么简单。你知道吗,"他说,"你的头脑里总有一部分一直在忙乎,你自个儿都不知道。那里运转着各种事情。全都是你不知道的事情。"

塔沃特打量起周遭,好像想找个法子下船走开,可惜找不到。

"我觉得你总的来说是非常聪明的,"舅舅说,"我觉得跟你说的话你是能明白的。"

"我不是来上课的,"小孩粗鲁地回答,"我是来钓鱼的。我可不在乎我的脑子里头在干吗。我动手的时候知道自己在想啥,要动手就不废话。直接就干。"他声音里有隐隐的恼怒。他感觉自己吃得太多了。食物像铅棍在身体里沉着,同时又被它所进犯的饥饿感往外顶着。

教书匠打量了他一阵说:"好吧,说到施洗,老头本可以省省事的。我已经受洗了。我妈始终没能克服她受的教育,已经给我施洗过了。不过七岁时遇到这事,对我造成了巨大伤害,留下了一道永远不能抚平的伤痕。"

小孩突然抬头,好像鱼线动弹了似的。"那里的那个,"他冲旅舍方向偏偏头,"他没有受洗吧?"

"没有。"雷伯说。他仔细打量小孩。他觉得这会儿要是能找到准确的字眼,没准就能管点用,可以给他不费力地上一课了。"我可能是没胆子淹死他,"他说,"可我有胆子维持我的自尊,不去对他执行什么无聊仪式。我有胆子不要成为迷信的猎物。他就是他,没什么可重生的。我的胆子,"他总结道,"在于我的头脑。"

小孩只是瞪着他,眼神淡漠,充满厌恶。

"人的伟大尊严,"舅舅说,"就在于他能说出这话:我只出生一回,不会重生。此生能为自己和家人朋友们看到做到的,就是我能拥有的一切,而我对此非常满足。做人有此足矣。"他声音有点激昂。他仔细瞧着小孩的脸,看看他有没有产生共鸣。

塔沃特面无表情,转头冲着湖边那圈栅栏一样的树。他仿佛眼前一片虚无。

雷伯安静下来,不过几分钟后又按捺不住了。他抽完烟,又点了一支。接着他决定换个话题,把眼下这个可怕的东西先搁一搁。"我来告诉你我为我们接下来两个礼拜做的安排吧,"他几乎有点殷勤地说,"我们要坐一次飞机。怎么样啊?"他一直在考虑这事,不过对此守口如瓶,相信这是他能炮制出的最大惊喜了,足以刺激到这阴郁的孩子,让他走出自我。

没有回应。小孩看起来目光呆滞。

"飞行是人类工程最伟大的成就了,"雷伯恼火地说,"这都没有哪怕稍微推动一点你的想象力吗?要是居然没有,我恐怕你有什么毛病了。"

"我飞过。"塔沃特说,一边按捺住打嗝。他全副身心都用来对付这恶心了,它一直往上泛。

"你怎么会飞过?"舅舅愤怒地问。

"在一个集市上我和他花了一块钱飞上去过,"他说,"房子变得像火柴盒,人都看不见啦——像虫子似的。我才不会花一个子儿坐什么飞机呢。秃鹫都能飞。"

教书匠抓住两侧船帮,上半身都快伸了过来。"他扭曲了你的整个人生,"他嘶哑道,"你要是不让自个儿得到帮助,长大了一定是个怪物。你还信着所有那些他教你的屁话。你被无中生有的罪给控制了。我对你一清二楚,就像看本书一样!"他情不自禁脱口而出。

小孩甚至没看他一眼。他俯身越过船舷,浑身颤抖。吐出的那根铅柱在水面上激荡出一个水晕,散发出又酸又甜的气味。他脑袋一阵眩晕,旋即清醒。一种贪婪的空虚感在胃里蔓延,好像重新确立了自己应有的位置。他捞起一点湖水漱了漱口,用袖子擦擦脸。

雷伯因为自己的冒失发着抖。他相信是因为说了罪这个字眼才导致这事发生。他按住小孩的膝盖说:"你现在会感觉好些的。"

塔沃特不置一词,眼皮发红,眼睛泪汪汪地瞪着湖水,好像很高兴弄脏了它。

"其实啊,"舅舅再接再厉,又说,"从思想里排掉什么东西,就跟从胃里排掉东西一样让人舒服啊。你要是告诉别人你的烦恼,它们就不会那样折磨你了,它们就不会渗进你的血液,让你难受了。别人会分担那压力。天啊,孩子,"他说,"你需要帮助。你此时此地就需要被拯救,好摆脱老头和他代表的一切。我就是那个可以救你的人。"他的帽檐整个翻下来,活像个疯狂的乡村布道师。他眼睛闪闪发亮。"我知道你的问题在哪里,"他说,"我知道,而且我能帮助你。有东西从内部吞噬着你,而我可以告诉你那是什么。"

小孩恶狠狠地看着他。"你干吗不闭上大嘴巴?"他说,"你干吗不从耳朵里拽掉那塞子,把你自己关掉?我来是钓鱼的。我可不想跟你有什么关系。"

舅舅从指间弹掉香烟,嘶的一声击中水面。"每天,"他冷冷地说,"现在的你让我更想起那老头。你跟他一模一样。你面前摊着的是他的未来。"

小孩放下鱼竿。他刻意夸张地抬起右脚，拽掉鞋子，接着是左脚，也拽掉鞋子。他把背带扯下肩膀，把裤子往下拽，拉过臀部脱掉。他穿了一条又长又紧的老人内裤。他把帽子朝下拽，紧紧套在头上，免得掉了，然后一跳跳出船，游开了，手腕使劲把拳头砸进玻璃一样的湖水，好像要击痛它，让它流血似的。

我的上帝啊！雷伯想，我触动到一根神经了！他紧紧盯住渐渐远去的水波中的帽子。空荡荡的背带裤落在他脚边。他抓起它，摸索口袋。他掏出两块石头，一个角子，一盒火柴，三枚钉子。他把新西装和衬衫带来了，摊在一把椅子上。

塔沃特够到码头，爬上去，内裤贴在身上，帽子依旧箍着额头。他回过头，正看到舅舅把团成一团的背带裤塞进湖里。

雷伯感觉刚刚穿越了一个雷区。立刻他担心自己可能犯了一个错误。码头上那个消瘦僵硬的身影一动不动。它看起来活像一触即发的白热化怒火变成的一道幽灵之柱，暂时汇聚成形，一团纯粹、无边的激情。小孩转身飞快地朝旅舍跑去，雷伯决定最好还是在湖上待一阵子。

他进屋时，惊讶地发现塔沃特穿着新衣服，躺在远处那头的折叠床上，毕晓普坐床另一头，看着他，好像被男孩眼睛里那种钢铁一般、直直对着他自个儿眼睛的光泽催眠了似的。小孩穿着格子衬衫和新的蓝裤子，看起来活像个飘忽不定的孩子，一半是原来的他，一半是新的他，已经有一半是改造好的模样了。

雷伯的精神谨慎地振作了一点。他提着鞋，里面塞着背带裤口袋里的东西。他把它们放在床上说，"不要因为那衣服而有什么意见啊，老弟。这回我做主啦。"

小孩的整个姿态显出一点奇怪的暗暗的兴奋，好像他已经启动了一项不可回头的行动。他没有起来，没理会那鞋，不过他承认了舅舅的到来，眼睛里的光泽动了动，看他一眼，又转开。好像教书匠在和不在没两样。他继续看着毕晓普，胜利地、勇敢地，直直地盯着他的眼珠子。

雷伯困惑地站在门口。"有人愿意出门开车遛遛吗？"

毕晓普从床上跳起来，立刻跑到他身边。娃娃从视野里突然消失，这有点惊到了塔沃特，不过他没起床，也没有转脸对着门口的教书匠。

"好吧，我们让弗兰克想想自己的心思吧。"雷伯说着，扳着娃娃的肩膀让他转身，带着他匆匆走开。他希望趁着小孩还没改变主意，赶紧溜走。

第九章

路上没有像刚才湖上那么热，他开着车，感觉到一种过去五天里，塔沃特在身边时，从未有过的轻松感。一旦看不到那小孩，他觉得空气中仿佛压力顿减。他从思绪中抹掉那个令人压抑的形象，仅仅保留它那些抽象的、清清爽爽的方面，用于他设想的那个新人。

天空无云，蓝得明净，他漫无目的地开车，打算回旅舍之前，停下来给车加油，为明天去鲍得海德的旅行做准备。毕晓普探身在窗外，张着嘴，让风吹干舌头。雷伯下意识地伸手锁上车门，拽着他的衬衫，把他拉回车里。娃娃坐在那里，一本正经地摘下帽子，套到脚上，又从脚上拽下戴到头上。这么忙乎一阵后，他爬过椅背，消失在车后座。

雷伯不断盘算着塔沃特的未来，想得兴致勃勃，只是偶尔小孩真实的面孔会闯入他的某项计划。这突然冒出的面孔，让他想到自己的妻子。他已经很少再想到她。她不肯离婚，担心小孩的监护权会塞给她，这会儿她跑到尽可能远的地方去了，在日本搞慈善。他明白自己能摆脱她纯属好运。是她阻止了他回老头那里把塔沃特救出来。她本来也许满心乐意接纳他的，可是那天他们去鲍得海德跟老头交手的时候，她看到了小孩。小孩爬进门，躲到老塔沃特身后，坐在那里，眼睛眨也不眨，看着老头举枪打中雷伯的腿，接着是耳朵。她看到了他。雷伯没有看到；她忘不了那脸。不只是说小孩又脏又瘦，面色发青；是开枪那会儿，他表情跟老头一样麻木不仁。这深深刺激到了她。

要是那脸上没有那令人厌恶的东西，她说，母性本能早就让她冲上去一把抱过他了。甚至他们到达之前，她就想过这么做，而且面对老头的枪口时，她依然有勇气这么做；不过，小孩的表情让她止步。那表情，完完全全与一切吸引人的东西绝缘。她没法解释清楚她的这种剧烈变化，因为那就是一种情绪，没道理可言。她说，那脸上是成年人而不是小孩的神情，而且是一个有着无法祛除的疯狂执念的成年人。那脸就像她在某张中世纪绘画里看到过的，画上殉道者正被锯掉四肢，却一脸觉得被割除的东西根本无足轻重的表情。她看到门里的小孩的时候，一时间觉得，他即便知道那一刻他的一切未来幸福都被窃走，表情也不会有丝毫变化。她觉得他的脸显示出人类变态所能达到的极端，展示出一种可怕的罪：对明白无误属于自己的利益不屑一顾、漠然抛弃。他曾以为这一切无非是她的想象，现在他明白不是臆想，而是事实。她说她没办法跟这样一张脸共处；她一准会想办法摧毁它自鸣得意的神情。

他嘲讽地想到，即便毕晓普的脸上没有傲慢的神情，她也没办法与它共处。娃娃从后座地板上站起来,探过头,把热气喷进他的耳朵。她的性情和受过的训练,都是适合照顾失常儿童的,不过毕晓普这样的失常儿童除外,不能是一个姓着她的姓,长着"那个可怕老头"的脸的。她过去两年回来过一次,要他把毕晓普送到福利院,她说他没办法好好照顾他——其实从娃娃的模样来看,显然他像喝空气就能成活的植物一样茁壮成长着。那回他的反应到现在仍令他颇为自得。他把她揍得飞过快要半个房间。

那一回他明白了,他自个儿的安宁依赖于这个娃娃的存在。他可以控制他那可怕的爱,只要它是扎根于毕晓普的,要是这娃娃出了什么事,他就不得不面对这爱本身了。那么整个世界就将变成他的白痴儿子。他想过要是毕晓普出了什么事,他该怎么做。他得付出超凡努力来抵制这种认知;动用每根神经、每块肌肉、每道思绪,他得抵制对一切的感觉,抵制对一切的思考。他得麻醉了他的生命。他摇摇头,设法驱走这些令人不快的想法。脑袋排空了,不过它们很快又接踵返回。他感到自己的意识被邪恶的力量控制了,那种熟悉的隐隐期盼,就好像他还是那个守候基督的小孩。

车子像是自作主张一样拐上一条泥土路,它是那样熟悉,毫无预兆地把他从沉思里拽了回来。他刹住车。

那是一条起伏不平的狭窄小路,陷在两道深红色路堤当中。他愤怒地打量四周。他今天根本没有来这里的计划。车停在山顶,两侧路堤像是一个入口,通向他得冒险才能进入的地方。他目力所及之处,小路前方大约四分之一英里都是缓坡,一路向下,拐了个弯,消失在树林边缘。头一回经过这路的时候,他是面朝后倒坐在车上的。一个驾骡车的黑佬在路口来接他和舅舅,他们上了那车,脚从车后头耷拉下来晃荡着。一路上他差不多都弯腰低头,研究尘土中旋即被车轮碾上的骡蹄印。

他最后决定,今天来看看这个地方还是对的,这样明天他带小孩过来,就不会再吃惊了吧,不过有那么一会儿,他没开动汽车。他记得前方的路大约有四五英里长。它延伸进树林,只能步行,然后还要穿过田地。他厌恶地想到要穿过它两回,今天一回,明天再一回。其实要穿过它这事本身就让他厌恶。接着,仿佛为了止住这种思考,他狠狠一脚踩上加速器,挑战一般上了路。毕晓普上下乱跳,尖叫着,发出不知所云的兴奋声响。

路接近尽头,变得狭窄,立刻他发现自己开上的路至多只能算印着车辙的马车道,车速降到几乎为零。最后他停在一块小小的空地上,地上长满石茅高粱和黑莓灌木,残存的一点路面紧挨着树林边缘。毕晓普跳出车,冲向黑莓灌木,迷上了在上方嗡嗡作响的黄蜂。雷伯一个箭步冲过去抓住他,及时拦住他,没让他伸手去碰它们。他小心翼翼地摘了一个黑莓递给娃娃。娃娃研究一阵,耷拉着嘴笑着,又还给他,好像他们之间履行着某种仪式。雷伯把它扔掉,转身寻找穿过树林的小路。

他拉着娃娃的手,拖着他走着,感觉脚下很快就会冒出一条小径。森林在周围拔地而起,神秘陌生。光临尘世,来和我舅舅的影子说话呢,他厌烦地想着,狐疑老头烧焦的骨头会不会还躺在灰堆里。想到这个,他几乎停下,不过还是走了下去。毕晓普光顾着瞪眼,几乎一步也走不了。他抬着脸,张大嘴四下张望,好像身处一幢无边巨大的大厦中。他帽子掉了,雷伯捡起来,扣回他头上,拉着他赶路。他们下方,寂静中突然有只鸟儿唱了水晶一般的四个音符。娃娃停下脚步,屏住呼吸。

雷伯突然明白过来,跟毕晓普一起,他没办法走到山脚,穿过田地。明天和另一个小孩来,他的精神也能集中起来,估计就能走过去了吧。他记得这条路上有一处地方,可以从两棵树之间看到下方的空地。他头一回跟舅舅穿过树林时,就在那里停下过,舅舅指着下方,远远的田地那头有一幢歪歪倒倒、没刷油漆的房子,坐落在一片夯实的泥土地上。"瞧那儿,"他说,"将来它是你的——这树林,那片田,还有那好房子。"他记得心脏不可思议地怦怦直跳。

突然他意识到这地方是他的了。小孩回来后,他一心牵挂的都是小孩,还从没考虑过财产的事。他停下脚步,震惊地发现他拥有所有这些。他的树拔地而起,高高在上,庄严冷漠,仿佛属于一个从创造之日起始终忠诚不渝的兄弟会。他心脏疯狂地跳动起来。他飞快地将这片树木估算成板尺数,足以供小孩读大学。他兴奋起来。他一路拽着娃娃,寻找能看到房子的豁口。往下走几码,突然露出一片天空,地方到了。他松开毕晓普,快步走过去。

分叉的树很熟悉,或似乎如此。他按着一根树枝,朝前俯身,看向远方。他的视线飞快地挪动,熟视无睹地扫过田地,猝然停在房子一度坐落着的地方。两根烟囱立在那儿,当中是一片黑色废墟。

他茫然呆立,心脏古怪地绞痛。就算骨头还躺在灰烬中,这么远他也没法看到,不过多年前老头儿的一副模样浮现在眼前。他看到他站在院子尽头,举起一只手,吃惊地招呼他,而他站在稍远的田里,紧握双拳,想要喊叫,想要用一清二楚、明明白白的话语宣泄青春的怒火,结果无非是尖叫出几句:"你疯啦,你疯啦,你这个骗子,你满脑袋都是屎,你该去疯人院!"喊完掉头就跑,大脑一片空白,光记得老头脸色一变,突然陷入某种神秘的痛苦,这表情他永远无法从脑海中抹去。他瞪着两根光秃秃的烟囱,仿佛又看到了这一切。

他感觉手上一紧,低下头,依然看到那表情,几乎没注意此刻眼前人换成了毕晓普。娃娃想要他抱。他心不在焉地抱起他,让他坐在树的分叉上往外看。那麻木的脸,空洞的灰色眼睛,在雷伯看来,仿佛映照着田地对面的荒芜之景。过了一会儿,娃娃扭头看着他。一阵可怕的失落感袭来。他知道再也没法在这里多待一刻。他带着娃娃回头,飞快地沿着来时路穿过树林。

回到公路上,他开着车,紧攥方向盘,绷着脸,一心盘算塔沃特的问题,好像能否解决它,事关他自个儿的,而不只是那小孩的救赎。他过早去了鲍得海德,破坏了计划。他知道自己没法再去那里,得另谋他法。他回想了下午在船上的过程。那会儿,他想,他找对了路子。只是走得还不够远罢了。他决定把一切都跟小孩说清楚。他不会跟他争论,只是告诉他,用大实话跟他讲,说他有强迫症,以及具体是怎么回事。不管接不接茬、配不配合,他都得听。他没办法回避这个:有人一清二楚地明了他心里都发生着什么,而且自有道理。这回他会一不做二不休,跟他说个明白。小孩至少可以知道,他可没什么秘密可言。吃晚饭的时候,他就要通过闲聊,把小孩脑袋里的强迫症给揪出来,摊在光天化日下,让他自己看个明白。

至于怎么对付它，那就是小孩自个儿的事了。突然间，他觉得简单至极，一开始就该这么做才对。只有时间能让人想通，他想。

他在一个灰泥砌起、刷成粉色的加油站停下加油，店里出售陶器和陀螺。趁车在加油，他下来看看有什么可以买回去当作和解礼物，因为他想让这次正面交锋尽量愉快些。他浏览着一架子的假手、假龅牙、一盒盒可以倒在地毯上的假狗屎，烙着世故箴言的木牌。最后他看到一个没有巴掌大的螺丝起子兼开瓶器。他买下离开。

他们回到房间，小孩仍躺在折叠床上，表情死一样平静，似乎他们不在的时候，他眼珠都没转过。雷伯仿佛再次看到妻子想必曾看到过的那张脸，泛起一阵对小孩的厌恶，这让他战栗。毕晓普爬到床头，塔沃特平静地回视着娃娃。他几乎像是没注意到雷伯也在房间里。

"我都能吃下一匹马了，"教书匠说，"我们下楼吧。"

小孩扭过头，平和地看看他，既不感兴趣，也没有敌意。"你要是在这里吃饭，"他说，"还就能吃到这个。"

雷伯没理会这笑话，他掏出螺丝起子兼开瓶器，随手丢到他胸上。"没准有时能派上用场。"他说着转身到水槽洗手。

透过镜子，他看到他僵硬地抓起它，打量着。他把螺丝起子从环子里推出，又沉思着推回去。他前前后后研究一阵，让它躺在手心，活像一枚五角硬币。他咕哝一句"我用不上它，不过谢谢喽"，把它装进口袋。

他转而又对着毕晓普，好像这才是目光的自然去处。他一只胳膊肘撑起身子，眯缝眼睛盯着娃娃。"起来吧，你呀。"他慢慢说道。

活像在使唤一头已经驯服的小动物。他语调平稳,不过充满试探性。声音里的敌意似乎被隐藏起来,转为一种对于某个计划目标的期盼。娃娃迷惑地看着他。

"听话,给我起来。"塔沃特慢慢重复道。

娃娃听话地爬下床。

雷伯感到一阵古怪的妒忌的刺痛。他站在旁边,烦恼地挑着眉毛,看着小孩一言不发走出门,毕晓普紧跟其后。过了一会儿,他把毛巾扔进水槽,跟上他们。

旅舍里有四对人在大厅另一头跳舞,开旅舍的女人在那里安了一台自动点唱机,脚步声跺得整个房子都在摇晃。他们三人在红色铁皮桌边坐下,雷伯关掉助听器,等闹哄平息再开。他瞪眼看着周围,对于干扰闷闷不乐。

跳舞的人都和塔沃特差不多大,不过仿佛属于完全不同的人种。女孩和男孩看起来差不多,除了她们的下半身穿着紧身裙,露着光腿儿;但不管男女,他们的脸蛋和发型看起来一模一样。他们的舞跳得热烈、坚定而专注。毕晓普看呆了。他从椅子上站起来,看着他们,脑袋朝前探着,仿佛随时会折断落下。塔沃特则是眼神阴沉漠然,对他们视而不见。他们简直无非就是些从他眼前嗡嗡飞过的虫子罢了。

音乐渐渐平息,他们跟跄着回到桌边,瘫坐在椅子上。雷伯打开助听器,毕晓普的尖叫戳进他的脑袋,让他不由得一阵瑟缩。娃娃在椅子里上蹿下跳,失望地嚎叫。跳舞的人一注意到他,他就不再叫喊,变得呆若木鸡,直勾勾地盯着他们。那些人突然不满地沉默了。他们一脸受冒犯的吃惊表情,好像遭了背叛,被造物中的某个失误,某件应当早就得到纠正、不该他们贸然撞见的东西。雷伯真想冲过房间,拎起椅子冲他们的脸砸去。他们闷闷不乐地起身,推搡着出门,挤进一辆敞篷车,吼叫着开走了,把一阵愤愤不平的碎石掀起撞向旅舍侧墙。雷伯呼出一口气,仿佛它是把会割伤他的刀子。接着他瞥见了塔沃特。

小孩正带着一种无所不知、淡然,却又不依不饶的微笑,直直盯着他。雷伯在他脸上看到过这种微笑。它似乎发自一种深深的洞悉,嘲弄着他,而且这种洞悉还在不断加深,冷酷无情,不断逼近他的秘密真相。这种表情所传达的意味毫无预兆地就刺中了雷伯,他感到一种巨大的愤怒,一时间竟然浑身瘫软。滚,他真想怒吼。把你该死的无礼的脸从我眼前挪开!滚进地狱吧!滚去给全世界施洗吧!

女人在他身边站了一阵,等他们点餐,不过他那模样,显然对她视而不见。她用菜单敲打起玻璃杯,接着直接塞到他鼻子下。他看也不看就说"三份汉堡",然后把它推到一边。

她走开了,他用嘶哑的声音说:"我想跟你摊牌,"他寻找着小孩的眼睛,盯着里面那令人厌恶的光泽,让自己平静下来。

塔沃特看着桌子,好像果真在等摊牌似的。

"意思是我想跟你说点明白话。"雷伯说,僵硬地控制着声音,不让它变得歇斯底里。他竭力让他的目光、他的语调,都像他的听众一样漠然。"我有话想跟你说,你好好听着。听了我的话以后怎么做,那是你自个儿的事。我只想跟你说事实。"他声音单调尖利,几乎像是在读报纸。"我注意到你能够直视毕晓普的眼睛了。那很好。意味着你有进步,不过不要以为既然现在能直视他的眼睛了,你就已经摆脱了要抓住你的东西。还早呢。老头仍然把你抓在掌心。别以为他没有。"

小孩依然用无所不知的表情对着他。"种子是扎在了你身上,"他说,"这个你可没辙。它落的地方不肥,可它扎得深。而我呢,"他自豪地说,"它是落在了石头上,被风吹走啦。"

教书匠抓住桌子,像是要把它撞向小孩的胸部。"真见鬼!"他上气不接下气,嘶哑地吼道,"它在咱俩身上都扎下啦。区别在于我知道它在我身体里,我控制住它了。我把它拔出来啦,可你呢,你看不见,不知道它在你身体里。你都不知道是什么在指使你做事。"

小孩愤怒地看着他,不过没吭声。

至少,雷伯想,我把那表情从他脸上给震掉啦。有一阵子他没说话,思考着接下来该如何继续。

女人端着三个盘子走了回来。她慢慢把它们放下,趁机看热闹。男人脸上汗津津的,表情厌恶,小孩也一样。他恶狠狠地瞪她一眼。男人立刻吃了起来,好像打算尽快打发掉它。那娃娃把汉堡的面包拾起来舔上头的酱。另外那个小孩看着自己那份,好像担心里面是臭肉似的,碰都不碰。她走开去,站在厨房门后,愤愤不平地又观察了一会儿。小孩终于捡起他的汉堡。他举到嘴边又放了回去。这么举起来放下去两回,始终没下口。接着,他扯低帽子,抱着胳膊坐定不动。她看不下去了,关上了门。

教书匠俯身越过桌子,眼睛发亮,直勾勾的。"你吃不下,"

他说,"因为有东西在吃着你。我可以告诉你那是什么。"

"蛔虫啊。"小孩低声说道,厌恶之情溢于言表。

"想听得有勇气才行。"雷伯说。

塔沃特朝他探过身,目光炯炯。"你根本没啥我不敢听的。"他说。

教书匠靠回椅背。"好吧,"他说,"那就听着。"他抱着胳膊,看了他一阵。接着他冷酷地开了口。"老头吩咐你给毕晓普施洗。你脑袋里嵌着这命令,它就像块大石头挡在你路上。"

小孩脸上血色全消,不过眼睛没挪动。它们失去了光泽,怒视着雷伯。

教书匠说得很慢,字斟句酌的,像在寻找最稳当的垫脚石趟过奔涌的河流。"你必须摆脱这个要给毕晓普施洗的强迫症,否则你永远没可能变成一个正常人。在船上的时候,我说你会变成个疯子。我不该那么讲。我意思只是,你可以选择。我想要你看到这选择。我想要你做这选择,而不是被你都不明白的强迫症给驱赶着。无论什么东西,我们只要理解了,就能控制它,"他说,"你得知道是什么挡住了你。不晓得你是不是够聪明,能听得明白。这可没那么简单。"

小孩的脸看起来干枯苍老,好像他早就明白了,它已经融为他的一部分,就像他血液里的死亡之潮一样。这种在事实面前的哑口无言让教书匠感动了。他的怒火烟消云散。房间里很静。一截粉色光线透过玻璃映进,投在桌上。塔沃特把目光从舅舅转向毕晓普。娃娃的头发是粉色的,比脸色还要轻柔。他正吮着汤匙,双眼淹没在寂静中。

"我想给你指出两个解决办法，"雷伯说，"怎么做就看你自己了。"

塔沃特又看着他，没有嘲讽，眼里也没了光泽，不过也没有什么期待，似乎他的道路已经确定，不容更改。

"洗礼只是个空洞的行为，"教书匠说，"要说有什么重生之路，那得是一种必须自己完成的道路，一种你经过很长时间，也许还有漫长的努力，才可以达到的对自己的了悟。这不是洒点水，念几句祷告就可以从天而降的东西。你想做的事是没有意义的，所以最简单的解决办法就是干脆去做它，就用这杯水好啦。要是能让你不再惦记它，我乐意准许。我看，你现在就可以给他施洗嘛。"他把水杯推过桌子。他的表情耐心而又嘲讽。

小孩的眼光扫过杯顶，旋即弹开。他搁在盘子边的手抽搐了一下。他把手塞进口袋，调开目光，看向窗外。他整个人看起来深受震动，仿佛独立性遭到了危险的挑战。

教书匠拉回水杯。"我知道那对你来说太廉价啦，"他说，"我知道你会拒绝做这种事，它配不上你表现出来的勇气。"他举起杯子，喝掉里面的水，放回桌上。他看起来疲倦不堪；那副模样活像刚刚爬上一座已经攀爬数日的山峰。

歇了一会儿他说："另一条路就没这么简单了。我为自己选的也是它。那就是以自然的方式——通过你自己的努力、你的智慧——得到重生。"他的话听起来断断续续的。"这另一条路就是去面对它、抗击它，一旦看到野草冒头就割掉它。我还有必要对你解释这个吗？像你这样一个聪明孩子？"

"你啥也不用告诉我。"塔沃特嘟囔道。

"我没有什么给他施洗的强迫症,"雷伯说,"我自己的症状更复杂,不过原则是一样的。我们不得不采取一样的抗争方式。"

"不一样。"塔沃特说。他转脸看着舅舅。眼里再度发出光泽来。"我可以把它连根拔起,一下解决。我会采取行动。我可不像你。你只会想想要是你真动手的话会怎么做。我可不是。我会真干。我会行动。"他带着一种全新的轻蔑看着舅舅。"我跟你可没啥一样的。"

"所有人的行为都要受一些法则规定,"教书匠说,"你也不例外。"他一清二楚地明白,他对这小孩唯一的情感就是憎恨。他连看到他都厌烦。

"等着瞧。"塔沃特说,好像很快就能证明。

"经验会是个可怕的老师。"雷伯说。

小孩耸耸肩,站起身。他走开,穿过房间走到纱门前,站着看外面。毕晓普立刻爬下椅子,边走边戴上帽子,紧随其后。娃娃凑近时,塔沃特浑身僵硬,不过没躲开,雷伯看着他俩肩并肩站着面对门外——两个人影,都戴着帽子,不知为何都十分老相,两人被某种神经上的需求而紧紧相连,将他排斥在外。他吃惊地看到小孩伸出手,搁在帽子下方毕晓普的后颈上,打开门领他出去。他意识到他所谓"采取行动"就是要把娃娃变成奴隶。毕晓普会像一条忠诚的狗一样听他使唤。他不是避开他,而是计划要控制他,表明谁才是主人。

我可不会允许,他自言自语。要是有谁能控制毕晓普,那只能是毕晓普自个儿。他把钱放在桌上,压在盐瓶下,出去追他们。

天空呈亮粉色，投下如此诡异的光线，让所有色彩都变得浓烈。碎石路上冒出的每簇杂草都像是一丛活生生的绿色神经。世界似乎正在蜕皮。两人在他前方慢慢走着，接近码头，塔沃特的手依然搁在毕晓普帽子下；不过雷伯觉得倒是毕晓普在领路，像是这娃娃已经俘获了他。他带着冷酷的愉悦心情想，小孩自以为是，信心勃勃的，可早晚会变得不堪一击。

他们走到码头尽头，停下，低头看水。接着令雷伯懊恼的是，小孩从胳膊下面抱住娃娃，把他像个麻袋似的举起放下，抱到拴在码头下的船里。

"我可没允许你带毕晓普划船出去。"雷伯说。

塔沃特也许听到，也许没听到；他没吭声。他坐在码头边，越过水面，打量了一阵对岸。湖面远远的那头，半个红球悬着，几乎一动不动，仿佛是拉长的、被树林一切两半的太阳的另一头。粉色和鲑色云团在水上浮动，深浅不一。突然雷伯别无他求，只想自个儿清净半小时，不要看到他俩任何一个。"你可以带他去，"他说，"只要小心点就成。"

小孩没有动。他朝前探去，拱着瘦削的肩膀，双手紧攥码头边。他似乎在蓄势准备一个巨大的行动。

他跳进船，加入毕晓普。

"你会看好他吧？"雷伯问。

塔沃特的脸活像一张古老的面具，苍白干枯。"我会料理好他，"他说。

"谢谢。"舅舅说。他对男孩升起一股短暂的暖意。他慢步从码头走回旅舍，在门口转身，看到小船划到湖面上，进入视线。他挥舞胳膊，不过塔沃特没做任何看到的表示，毕晓普则背对着他。戴黑帽的小身影坐着，像个乘客，正由傲慢的船夫载着穿过湖面，去往某个神秘莫测的终点。

雷伯回到房间，躺在折叠床上，试图重拾下午开车出门时的轻松。小孩在的时候，他最强烈的感觉就是压迫感，它一旦消失一阵，他便意识到这种压迫感让人多么难以容忍。他躺在那里，厌恶地想着那张沉默叛逆的脸又要从门口冒出的那一刻。他想着这个夏天接下来得对付小孩冷酷的桀骜不驯。他开始考虑起小孩主动离开的可能，过了一会儿他意识到这正是他希望他做的。他不再感觉到任何想要改造他的挑战。他现在只想摆脱他。他惊恐地担心着要和他永远困在一道，不由琢磨着有什么办法能让他尽早离开。他知道只要毕晓普在，他就不可能离开。送毕晓普去福利院待上几周的想法在脑海里一闪而过。他大吃一惊，赶紧转开思路。有那么一会儿他睡着了，梦见他和毕晓普开车飞速离开，安全地逃脱了一个不断向下逼近的龙卷风似的云团。他醒来，发现屋里变得昏暗。

他起身走到窗边。载着他们两人的小船停在湖中间附近，几乎一动不动。他俩坐在船里，在水中与世隔绝，彼此相对。毕晓普小而矮胖，塔沃特瘦削而高，微微前探，全副注意力冲着对面的人。他们好像僵在某个磁场中。天空是浓紫色，仿佛随时会爆裂变成一片漆黑。

雷伯离开窗子，再次投身折叠床，不过全无睡意。他有一种奇怪的等待感，仿佛在苦苦挨着时间。他闭眼躺着，像在听某种只有关掉助听器才能听到的声音。他有过这种等待感，程度差不多，但不是一回事，那是小时候，他等待着城市随时盛开变成一个永恒的鲍得海德。现在他觉得是在等待一场大灾难。他等着整个世界沦为两根烟囱当中的一团火焰。

他所能做的只是观察。他平静地等着。生活从来没有善待过他，所以它要毁灭的话他也并不畏惧。他告诉自己，就算自个儿也灰飞烟灭，都无所谓。他觉得这种无所谓正是人类尊严所能达到的极致，此刻，忘了自己的错误，甚至也忘了下午侥幸的脱身，他仿佛已经获取了它。无知无觉，便为安宁。

他漫不经心地看着一轮红色圆月升到窗子下角。没准这是太阳在颠倒过来的那个半球升起呢。小孩回来时他会说：毕晓普和我今晚回城。你要是答应这些条件，也可以跟我们走：不是说你要开始合作，而是你得合作，完全彻底地，你要改掉你的态度，要答应接受测试，要准备好秋天去上学，要把帽子立刻摘下，丢出窗外，扔进湖里。要是你达不到这些要求，那么我就和毕晓普自己走。

他花了五天才有了这份清晰的思路。他想着小孩回来那晚他的愚蠢情感，想着他坐在床边，觉得终于有了一个拥有未来的儿子。他又看到自己跟着小孩走遍那些小巷，最后走到一家可憎的教堂，看到自己白痴的身影，脑袋伸在窗子里站着，听那个疯孩子布道。真是不可思议啊。哪怕带小孩回鲍得海德的计划现在都让他觉得荒唐，今天下午去鲍得海德则纯属疯子的举动。他的优柔寡断、他的迟疑不决、他的热切难当，现在都让他觉得羞耻荒唐。他感觉自己在五天疯狂之后，终于找回了头脑。他简直等不及他们回来，好发布这份最后通牒。

他闭上眼，详细过了一遍过程，看到那张郁闷的脸变得慌张起来，那双自以为是的眼睛不得不低垂下去。他的力量将来自这个事实：现在小孩是走是留，他都无所谓了，或者说，并不是无所谓，因为他无比希望他走。他想着自己对达不到完美无所谓的态度，不由乐了。他再次睡着，又和毕晓普开车飞逃着，旋风紧追其后。

他再醒来的时候，月亮挪到窗子中央，已失去颜色。他惊坐起来，好像那是一张盯住他看的脸，一个气喘吁吁赶来的苍白信使。

他起床走到窗前，朝外俯身。天是空洞的黑色，一条空荡荡的月光之径横铺在湖上。他用力探身出去，眯缝眼睛，还是什么也看不见。沉寂让他不安。他旋开助听器，立刻脑子里又轰鸣起蟋蟀和树蛙没完没了的鸣声。他在黑暗中搜寻小船，什么也没看见。他痴痴等着。接着，就在大灾难降临前的一瞬间，他攥住助听器的金属盒子，好像攥住自己的心脏。一声清晰可辨的号哭响起，打破了寂静。

他没有动弹。机器吸纳进远方某种残忍长久的挣扎声，他始终一动不动，泥塑木雕一般毫无表情。号哭停止，又响起，绵延着，不断膨胀。机器让那声音显得像是来自他体内，好像身体里有什么东西正把自个儿撕扯脱离开来。他紧咬牙关。他脸上肌肉收缩，显出其下比骨骼还要坚硬的痛苦线条。他绷紧下巴。他不能发出任何叫声。他唯一知道的，他唯一确定的，就是不能发出任何叫声。

号哭升起又落下，最后一次爆发，戛然而止，好像等待了几个世纪之后，它终于脱身，遁入沉默。清脆的夜之噪音再度包拢而来。

他泥塑木雕一样在窗前呆立。他知道发生了什么。所发生的对他来说一清二楚，就好像他和小孩一起待在湖里，他俩一起抓住那娃娃，按在水下，直到他不再挣扎。

他越过空旷沉寂的水塘，看向湖边的黑暗树林。小孩很快会穿过它，去迎接可怕的命运。他凭借本能，像心脏沉闷机械的跳动一样确定无疑地知道，他即便淹死了娃娃，也依然给他施了洗，知道他正奔向老头让他准备好要面对的一切，现在他穿过黑暗树林，正跑向一场与命运的残暴遭逢。

他呆立着，试图在走开之前想起另外某件事。他终于想起来了，是那样遥远模糊的一件事，简直像是很久之前就发生过了。那就是明天他们得在池子里打捞毕晓普。

他呆立着等待他必然要经受的那狂暴的痛苦、那难忍的创痛的开始，以便无视它，不过始终毫无感觉。他头重脚轻，呆立窗前，终于明白不会有什么痛苦，这才瘫倒在地。

第十章

车前灯照亮路边的男孩，只见他微蜷身子，期待地转过头，眼睛有那么一瞬闪着红光，活像夜里在高速车流中穿过公路的兔子和鹿类。他裤腿湿到膝盖，似乎刚从沼泽蹚过。挡风玻璃后头的司机显得渺小无比，他把渐渐开近的卡车停下，没关马达，侧身越过空座位打开车门。小孩爬上车。

这是一辆运汽车的卡车，车身巨大，钢架里载着四辆小汽车，像上满子弹的枪膛似的。司机瘦精精的，长个高高的鹰钩鼻，厚眼皮；他冲乘客狐疑地一瞥，换了挡，卡车重新开动，发出疯狂的轰鸣声。"你得让我保持清醒，不然就不给搭车，伙计，"他说，"让你上车可不是白上的。"他满口外地口音，话尾都要朝上拐。

塔沃特张开嘴，好像希望答话会自动蹦出来，结果没有。他半张着嘴，面色苍白，瞪着司机。

"我不是开玩笑，孩子。"司机说。

小孩的胳膊肘紧紧夹住体侧，按捺住颤抖。"我就到这路跟五十六号公路交叉的路口。"他终于开了口。声音奇怪地起伏不定，好像他是在经历了几次惨烈的失败之后，头回说出话来。他自个儿仿佛也在听这声音，竭力想从颤抖后头听出些坚实的底子来。

"那就说点啥吧。"司机命令。

小孩舔舔嘴唇。过了一会儿他用完全失控的尖声说："我从不浪费生命说话。我都是靠动手做。"

"你最近做啥啦？"司机问，"你裤腿咋个都湿了？"

他低眼瞅瞅湿裤腿，便一直盯着看。他眼里此时似乎只有它们了，本想说的话已经完全抛到脑后。

"醒醒啊，伙计，"司机说，"我说，你裤腿咋弄湿了？"

"因为我干事那会儿没脱掉它，"他说，"我脱了鞋，可没脱裤子。"

"你那会儿干啥事啦？"

"我要回家，"他说，"我要在五十六号路的一个地方下车，沿路走一段，再走土路。早上我一准就到啦。"

"你裤腿咋湿了？"司机不依不饶。

"我淹死了一个男孩。"塔沃特说。

"才一个？"司机问。

"是啊。"他伸手抓住男人的衬衫袖子，嘴唇翕动了几秒钟，停下，又动了起来，好像被一个念头驱动着，可就没有话出来。他闭上嘴，接着又努力了一回，还是没出声。突然，一句话就冒了出来，旋即消逝不见。"我给他施洗了。"

"啥?"男人问。

"是个意外。我没打算那样,"他上气不接下气地说。接着换了平静一点的声音说,"那些话都是自个儿冒出来的,其实没啥意思。你不可能重生。"

"说点有意思的啊,"男人说。

"我只想淹死他,"小孩说,"你只能出生一次。那些只是从我嘴里冒出来、吐到水里的话罢啦。"他猛地摇起头来,好像打算驱散思绪。"我要去的地方啥也没有,就剩个棚子,"他又说,"因为房子烧光啦,可我就想要这样。我不想有他的什么东西。现在全都只有我的啦。"

"不想有谁的东西?"那人嘟囔道。

"我舅爷爷啊,"小孩说,"我要回那儿。我再也不要离开它啦。那全归我管啦。再也不会冒出什么声音来。我不该离开的,要不是为了证明我不是啥先知,现在我已经证明啦。"他顿了顿,拽拽男人的袖子。"我淹死他,就证明啦。就算我给他施洗了,那也是意外。现在我只要管我自个儿的事就成,一直到死都是。我不用施洗不用预言啦。"

男人只是盯了他一眼,又扭回头看路。

"不会有什么毁灭或者大火啦,"小孩说,"有人能干事,有人干不了,有人饿,有人不饿。就这么回事。我能干事。我不饿。"说得一泻千里,好像字眼们互相推搡着奔涌而出。突然他沉默了。他似乎盯着前方,车前灯推着黑暗,永远推开同样的距离。偶尔路边冒出几块招牌,旋即消失。

"真听不懂,不过再编点吧,"司机说,"我得保持清醒。我带上你可不是让你来享受的。"

"我没别的要说啦。"塔沃特说。他声音尖细,好像再多说几个字,就会永久地摧毁它。每个字眼努力蹦出之后,都会戛然而止一下。"我饿了。"他说。

"你才说了你不饿,"司机说。

"我饿不是想吃生命之饼,"小孩说,"我饿了是想现在就有东西吃。我吐掉了午饭,晚饭啥也没吃。"

司机在口袋里摸索。他摸出裹着蜡纸、折起来的半截三明治。"你吃这个好啦,"他说,"就啃了一口。我不喜欢吃。"

塔沃特接过来,连着裹纸抓在手中。他没打开它。

"好啦,吃吧!"司机恼火地说,"你有什么毛病?"

"真要吃的时候,我又不饿了,"塔沃特说,"就好像空肚子是我胃里的一样东西,它不让别的东西下肚。我要是吃了,一准又吐出来。"

"听着,"司机说,"我可不想你在这里吐。如果你有传染病,给我立马下车。"

"我没病,"小孩说,"我这辈子从没病过,除了有时候吃多了难受。我给他施洗了,可其实只是念了几句。等我回家,"他说,"我就能说了算了。我得睡棚子,一直睡到找到个地方,给自个儿把房子重新造起来。要是我不是个大傻瓜,早就该把他弄出门,在外头烧了。就不用把房子跟他一块烧掉啦。"

"那就长点心呗。"司机说。

"我另一个舅舅啥都知道,"小孩说,"可即便那样他还是个傻瓜。他啥也不会干,只会瞎琢磨。他脑袋上接电线。他用一根电线接到耳朵里。他能知道你在想什么。他知道你不可能重生。我知道他知道的所有事,但是我能干事啊。我真干啦。"他补充道。

"你不能说点别的吗?"司机问,"你家里有几个姐姐妹妹啊?"

"我是车祸里生下来的。"小孩说。

他摘下帽子,揉着脑袋。他的头发稀疏,压得扁扁的,黑乎乎地横在苍白的额头上。他把帽子捧在大腿上,好像捧个碗似的,盯着里面看。他掏出一盒火柴和一张白卡片。"我淹死他的时候,把这些都塞在帽子里,"他说,"我担心口袋会弄湿。"他把卡片举在眼前,大声读出来。"T. 福切特·米克斯。南部铜件厂。亚特兰大市伯明翰镇莫比尔大道。"他把卡片插进帽子内箍,戴回头上,火柴放回口袋。

司机的脑袋前摇后晃起来。他晃了晃头说:"快说话,真见鬼。"

小孩手伸进口袋,掏出教书匠给的螺丝钻兼开瓶器。"舅舅给了我这个,"他说,"他没那么坏。他知道好多东西。我想我迟早会用上这玩意儿。"他打量着乖乖躺在手心的工具。"我想要开什么东西的话,"他说,"这个会好使的。"

"给我讲个笑话。"司机说。

小孩看起来什么笑话也不知道,甚至都不知道笑话是什么。"你知道人类最伟大的发明是什么吗?"他终于问道。

"不晓得,"司机说,"是啥?"

他没回答。他又盯着前方的黑暗,好像忘掉了问题。

"人类最伟大的发明是啥？"卡车司机不耐烦地问。

小孩转身，莫名其妙地看着他。他喉咙里发出些嘶哑的声音，问，"啥？"

司机怒视着他。"你什么毛病啊？"

"没事，"小孩说，"我觉得饿啦，可我又吃不下。"

"你该去疯人院，"司机嘟囔道，"开车穿过的这些个州，里面的人都该关进去。不回底特律就一个正常人都见不着。"

他们沉默地行驶了几英里。卡车开得越来越慢。司机眼皮不断耷拉下来，灌了铅似的，他晃晃脑袋，睁开眼睛。几乎立刻它们又闭上了。卡车变了方向。他再一次猛地晃晃脑袋，从路上开出，停到一段宽阔的路肩上，往后一靠，打起鼾来，自始至终没看一眼塔沃特。

车厢里，小孩安静地坐在座位上。他双眼圆睁，毫无睡意。它们似乎无法闭上，只能永远睁着，瞪着某个对它们而言永远不会消失的景象。接着，眼睛闭上了，身体却没有放松。他笔挺地坐着，神情依然警觉，好像在闭着的眼皮下面，一只内在的眼睛仍在观察，在他扭曲的梦境中直指真相。

他们面对面坐在小船上，船漂在柔软、深不见底的黑暗中，他们周围的空气也几乎一般黑沉，不过黑暗丝毫无碍于他的视力。他看得透它，仿佛白昼。透过黑暗，对面娃娃浅色静默的双眼清晰可见。它们不再散漫无神，而是对准了他，呈银鱼色，目不转睛。他身边，像个向导似的站在船上的，是他忠诚的朋友，瘦削如影；在乡村在城市，他都时时给他出主意。

快啊,他说。时间像金钱,金钱像血液,时间让血液化为尘土。

小孩抬眼看着朝他俯身的朋友的眼睛,吃惊地看到,在黑暗中,它们呈紫罗兰色,近在咫尺,目光灼灼,带着特别的饥渴和专注,牢牢盯住他。被它们这么盯住,他有点不安,扭开了头。

没有比这个更能终结一切的行动啦,他的朋友说。对付死人,你只能靠行动。没有什么话语足以表示"不"。

毕晓普摘下帽子,抛过船舷,它右侧朝上,成了漂浮在黑色湖面上的一个黑点。小孩扭过头,目光追随那帽子,突然看到湖岸就在身后,不到二十码远,悄然无声,仿佛刚挑出水面的利维坦[1]的眉头。他感觉自己没有了身体,只是一个灌满空气的头颅,要对付所有死人。

像个男人吧,他的朋友建议道,像个男人吧。你要淹死的就是一个弱智罢啦。

小孩把船驶向一丛黑色灌木,拴住。他脱掉鞋子,把口袋里的东西装进帽子,把帽子塞进一只鞋,自始至终那双灰眼睛紧紧盯住他,好像正安详地等待一场早已命定的挣扎。那双紫罗兰色眼睛也紧紧盯住他,几乎急不可耐地等着。

别磨蹭啦,他的精神导师提议。早点解决,一了百了。

波浪滑下河岸,像一条宽阔的黑舌。他爬出船,一动不动站着,脚趾间感觉到污泥,湿布黏着他的腿。天空布满一动不动的平静眼睛,仿佛一只天庭的夜鸟展开的尾羽。他呆立着,一时间看得出神,

---

1. 利维坦(leviathan),出现于《旧约·约伯记》第41章的海怪。后人频繁引用于宗教、文学等著作。

船里的娃娃站起来，搂住他的脖子，爬到他背上。他攀在那儿，像一只巨大的螃蟹攀在树枝上，小孩吃了一惊，发现自己朝后堕入湖中，仿佛整个河岸都在朝下拽他。

他直挺挺地坐在卡车车厢里，肌肉抽动起来，挥舞起胳膊，张开嘴，想要喊叫，却发不出声。他苍白的脸抽搐变形。他就像是疯狂地攀住巨鲸之舌的约拿。

司机打着鼾，搅动卡车里的寂静，脑袋一会儿歪过来一会儿歪过去。小孩挣扎着，试图从猛兽一般包拢而来的黑暗中脱身，胳膊乱挥，有一两回差点打到司机。偶尔，一辆车路过，短暂地照亮他扭曲的脸。他跟空气格斗，仿佛像条鱼被抛上死亡之岸，没有肺可以呼吸。夜晚终于褪去。树顶上，东方天空冒出大片殷红，褐色光线渐渐映出两侧的田野。突然，以尖利粗野的声音，溃败的男孩嚷出施洗辞，浑身颤抖地睁开了眼睛。他听到朋友嘶嘶作响的咒骂声消失在黑暗中。

他颤抖着坐在车厢角落，精疲力竭、头昏目眩，紧紧抱着胳膊。那片殷红色扩展开来，被太阳冲破，后者辉煌地拔身而出，伸展宽阔的红色双翼。睁开眼睛之后，他的脸渐渐没那么警觉了。他刻意而又费力地闭上了观看他梦境的内在之眼。

他手中攥着卡车司机的三明治。他的手指已经把它捏断。他松开手，打量着它，好像认不得似的；接着把它塞进口袋。

过了一刻，他抓住司机的肩膀猛力摇晃，男人醒了，惊厥地抓住方向盘，好像卡车正在飞速行驶。接着他意识到车根本没动。他扭头怒视小孩。"你以为你在这干啥呢？你以为你要去哪儿呢？"

他怒气冲冲地问。

塔沃特脸色苍白而坚定。"我要回家,"他说,"那儿现在归我啦。"

"那就滚下车,往那儿去吧,"司机说,"我白天可不带蠢货。"

小孩不乏尊严地打开车门,爬下卡车。他站在路边,愤怒而冷漠,目送巨大的怪物轰鸣着开走消失。公路在他前方铺展,细长、灰色,他走了起来,双脚重重地跺在路面上。他的双腿和他的意志都非常坚定。他的脸冲着那片空地的方向。日落时他就会到达,日落时他就会到达啦,在那里,他可以开始自己选择的人生,在那里,一直到死,他都会证明他的拒绝。

第十一章

走了大约一个小时,他掏出卡车司机给的碎三明治,他把它连裹纸塞口袋来着。他打开它,任裹纸飘到身后。卡车司机咬掉了一个角。小孩把没咬过的一头塞进嘴里,过了一秒钟又吐出来,把带着浅浅牙印的三明治塞回口袋。他的胃独力拒绝它;他的脸饿得显出恶相,又带着几分失望。

清晨已经开始,晴朗无云,阳光灿烂。他走在路堤上,汽车从身后开来,飞速掠过,他头也不回,不过每当一辆车消失在公路越来越窄的那头,他都感觉和目标之间的距离变得更漫长。他踩在地上觉得古怪,好像正走在一头巨兽背上,只要巨兽显摆下肌肉,他就可能滚入下方的水沟。天空像一堵光亮的用来关巨兽的篱笆。耀眼的光线弄得他只好低下眼睛,不过在篱笆那头——他日常的眼睛看不到,始终顽强睁开的内部之眼却明白——铺展着那道一清二楚的灰色边界,而他成功没让自己从上面跨过去,进入那个国度。

他每过几码，都会强迫自己再走快些，好快点到家，因为阻隔在他和空地当中的只剩下这最后的半天。他的喉咙和眼睛都干渴烧灼，骨头感觉就要散架，好像属于一个比他年纪更老、经历更多的人；他想到这个——经历——便清楚地意识到，自打舅爷爷死后，他已经把一辈子都活完了。他回来时已不再是一个小孩。他返回时，已经在拒绝之火焰中经受了考验，他身上老头的所有幻想都已经烧尽，老头的所有疯狂都已经掐灭，再没可能在他体内爆发出来。站在教书匠家的大厅，看着弱智儿的眼睛时，他曾看到自己在耶稣淌血发臭疯狂的阴影中艰难跋涉走向远方，身不由己，败给自己的天性，现在他已自我拯救，永远逃脱了这种预想的命运。

他确实给娃娃施洗了，不过这事只是偶尔让他烦心罢了，每次想到，他都觉得其实只是意外。就是一个意外而已，没别的意思。他只惦记着娃娃淹死了，是他干的，要是排个先后的话，淹死个人可比冲水里喷出几句话重要多啦。他意识到，在这件小事上，他失败了，教书匠倒是胜出了。教书匠就没有给他施洗。他想起他的话："我的胆子在于我的头脑。"我的胆子也在于我的头脑，小孩想。就算由于某种原因不是意外吧，开始就无关紧要的事，到头来还是无关紧要；而他可是当真淹死了那娃娃。他不是嘴上说不，是真干了。

太阳从开始时一颗刺目的火球，变成一颗清晰可辨的大珍珠似的，仿佛太阳和月亮在一场辉煌的婚礼之后融为了一体。小孩眯缝的眼睛感觉它像个黑点。小时候，他有许多回试着命令日头停下，有一回，他看着它的时候——几秒钟吧——它果真停下了，可他一转身，它又动起来。现在他真希望它从空中彻底消失，或者被裹进云里。他拼命扭过脸,让自己看不到它,便又感觉到那似乎躺在寂静之外或就在寂静之中的国度,它环绕他周身,延伸向远方。

他飞快地让脑子回到那片空地上面。他想着它中央的焚烧点,小心翼翼地想象自己从房子灰烬中捡起任何可能发现的焦骨,到最近的沟里扔掉。他想象着那位操作此事的平静超然的人,他会清理废墟,重建房子。在光亮后头,他又看到另一个形象,一个憔悴的陌生人,生于车祸的幽灵,以为自己从此注定要做个先知,为这个幻念所折磨。男孩很清楚,这个对他毫不在意的人是个疯子。

太阳烧灼着,更加耀眼,他则越来越渴,饥饿和干渴组合成一种痛苦,在他的两肩当中横冲直撞。他打算坐下,恰好看到离路边不远有一小片空地,竖了一幢黑佬小屋。一个小黑鬼站在院子里,身边只有一头尖背猪仔。他已经盯上了顺公路走来的男孩。塔沃特凑近些,发现小屋门后有一群小黑娃娃盯着他。一边的朴树下有一口井,他加快步伐。

"给我来点水。"他朝凑上前的小黑孩走去,说道。他从口袋里掏出三明治递上。小黑孩和毕晓普一般身高和体形,一把接过吃的就塞进嘴里,自始至终眼睛没有离开过男孩的脸。

"那边有个井。"他用抓着三明治的手指指那口井。

塔沃特走到井边,把桶摇到井口。有个长柄勺,不过他没用。他弯腰把脸凑到水边喝了起来,一直喝到头昏目眩。他扯下帽子,把脑袋浸入水中。脸探到水深处时,他突然浑身一颤,好像是头一回被水碰到似的。他盯着下方一个灰色清澈的小池看,越看越深,直到发现有一双平静安详的眼睛回视着他。他从桶里猛地抬起头,踉跄后退了几步,模模糊糊的小屋,接着是小猪,然后是依然牢牢盯着看他的小黑孩,一样一样渐渐又清晰起来。他把帽子猛地扣上湿淋淋的脑袋,用袖子胡乱擦擦脸,匆匆走开。小黑娃娃们一直目送他走出院子,消失在公路那一头。

幻象像芒刺一样扎在他脑袋里,走了一英里多地,他才明白并没有真看见它。很奇怪,水并没有解他的渴。为了分散注意力,他把手伸进口袋,掏出教书匠的礼物,欣赏起来。它提醒他了,他还有个角子呢。一走到商店或加油站,他就要买瓶饮料,用开瓶器打开。小工具亮闪闪的躺在掌心,好像允诺要为他打开各种伟大的物件。他渐渐意识到错过了机会,未曾好好谢谢教书匠。舅舅的脸部线条在他脑海中已不再清晰,他渐渐又看到进城前想象中那双饱含学问、若有所思的眼睛。他把螺丝钻兼开瓶器放回口袋,手在袋里继续握着它,好像从此要把它当作护身符。

就在前方,他看到五十六号公路和他脚下的路交汇的十字路口。那条泥土路就在不到十英里开外了。十字路口远端有一个小店,那也是加油站。他加快步伐,一心想早点买到饮料,越来越焦渴了。等走近些,他看到门口站着位大块头女人。他的焦渴还在加剧,但期待的热情却已经退却。那女的抱着胳膊靠门框站着,几乎把门口堵得严严实实。她长着一双黑眼睛,一张花岗岩脸,还有条不饶人的舌头。他和舅爷爷偶尔在这里买东西,要是有这女人在,老头总喜欢多待一阵,跟她聊天,因为他觉得她像一棵浓荫覆地的大树一样讨人喜欢。小孩总是不耐烦地站在一边,踢着路上的石头,表情阴沉,一脸厌烦。

她隔着马路看到他,虽说没挪动,没举手,他依然感觉到她那双眼睛已经钩到了他。他穿过公路,拖着身子往前走,皱着眉头,目光就盯在她下巴和肩膀之间的地方。他走到跟前停下脚步时,她也不开口,只是一个劲盯着他,他只好抬头对着她的眼睛。这双正盯着他看的眼睛有一种阴郁的穿透力。那张花岗岩脸上则是一副无所不知的神情,抱胳膊的姿势表露出她的评判有史以来就雷打不动了。她身后就算折叠着巨大的羽翼,估计也不奇怪。

"那些黑佬跟我说了你干的好事,"她说,"真是对死人不敬啊。"

小孩振作精神想开口。他知道这会儿不该说什么狠话,可是他被某种凌驾于他俩之上的力量命令着,来为捍卫他的自由、为支持他的行为而作答。他浑身一阵战栗。他的灵魂深深返入自身,探入最深处寻找他的精神导师的声音。他张开嘴想要驳倒女人,但是令他惊恐不已的是,从他嘴里,像蝙蝠的尖叫一样涌出了一句他在集市上听来的粗话。他大吃一惊,意识到机会稍纵即逝。

女人面不改色。她说:"那你回来啦。谁乐意雇个烧了房子的男孩呢?"

他依然对自己的失败惊骇不已,颤抖地答道:"我不要谁来雇我。"

"还对死人不敬!"

"死人死啦,不会活过来。"他感觉力量略微恢复。

"还玷污复活和永远的生命!"

他焦渴得像喉咙里堵着一只握拳的粗手。"卖瓶紫汽水给我。"他嘶哑地说。

女人动也不动。

他转身走开，表情和她一样阴郁。他眼睛下方布满皱纹，皮肤似乎因为干枯而收缩紧绷在骨架上。那句粗话在他脑海里阴沉地回荡。小孩的头脑太过狂热，对这类不洁之事从来无暇顾及。他对非精神性的邪恶毫无兴趣，更从未附和过肉体之恶。他感觉自己的胜利被嘴里冒出的那话给玷污了。他想着转身，走回去，把正确的答话砸向她，然而他还没找到它们。他试图想象教书匠会怎么对她说，但是脑袋里一句舅舅的话都想不起来。

太阳落到他身后，他的焦渴已达极点，没法更渴了。他感觉喉咙里像铺了层燃烧的沙子。他顽强地前进。没有车路过。他决定再来一辆车的话就搭它。他现在渴望有人做伴，就像渴望食物和水。他想要跟人说说没能对那女人做出的解释，用正确的字眼抹掉那句玷污他思想的脏话。

他走了快两英里，终于有一辆车开过，减速停下。他步履走得艰难，有点心不在焉，都忘了挥手拦车，不过看到它停下，他就跑过去。跑到车前，司机已经俯身打开车门。是一辆淡紫色和奶油色相间的小汽车。小孩看也不看司机就爬进去，关上车门，他们上路了。

这会儿他扭头看了看那人，突然涌起一阵莫名其妙的不舒服感觉。让他搭车的是一个苍白、消瘦的年轻人，一脸老相，腮帮凹陷得很深。他里边穿淡紫色衬衫，外面套一件黑色的薄外套，头上戴着一顶巴拿马草帽。他嘴唇苍白，颜色堪比嘴角斜挂下来的那支香烟。他的眼睛和衬衫一个色，黑色的睫毛特别浓。帽子朝后推去，一缕黄色卷发从额头上耷拉下来。他沉默着，塔沃特也没吭声。他开得不快不慢,这会儿扭过身来,深深地,又有点放肆地看了男孩一眼。"住这儿?"他问。

"不在这条路上,"塔沃特说。因为干渴,声音嘶哑。

"要去哪儿?"

"去我住的地方,"男孩嘶哑着说,"那地方现在那归我了。"

那人有几分钟没再说话。小孩一侧的车窗裂开,用一条胶带粘着,用来摇下车窗的把手拆掉了。车里一股甜甜的腐味儿,好像没有足够的空气可以自由呼吸。塔沃特看到窗子上是他自己苍白的映像,阴郁地看着他。

"不住在这条路上,啊?"这人说,"你家人住哪儿呢?"

"没有家人,"塔沃特说,"只有我自己。我一个人过。没人管我怎么做。"

"没人,是吧?"这人说,"我看你很厉害啊。"

"是啊,"小孩说,"没错。"

陌生人的神态有点熟悉,但他想不起在哪见过。男人把手伸进衬衫口袋,掏出一个银盒,啪地打开,递给塔沃特。"抽烟吗?"他问。

除了兔烟草,小孩从未抽过烟,也不想要香烟。他只是看了看它们。

"难得一见的哦,"男人举着盒子坚持道,"你可不是每天都能见到这种,不过没准你还没怎么抽过烟吧。"

塔沃特取了香烟,像男人一模一样用嘴角叼着。从另一个口袋里,男人掏出一个银打火机,打着火递给他。第一次没点着,第二次他吸了口气,点着了,肺里灌满烟,非常难受。烟雾有一股怪味。

"没家人，嗯？"男人又说，"你住哪条路？"

"它其实没在哪条路上，"小孩说，"我跟舅爷爷住，他死了，烧啦，现在只有我了。"他猛烈地咳嗽起来。

男人伸手越过仪表盘，打开手套盒。里面横放着一扁瓶威士忌。"请吧，"他说，"喝了就不咳啦。"

那是一个烙着商标的老式瓶子，纸标签已经不见，塞着个咬坏的塞子。"这个也是难得一见的，"男人说，"只有聪明人才知道喝它。"

小孩抓起瓶子，就要打开瓶塞，脑海中涌起舅爷爷关于有毒酒精的所有警告，所有他那些不许搭陌生人车的蠢规矩。老头的种种蠢念头在他的脑海里涌动，像一股不断上涨的厌烦之潮。他更用力抓紧瓶子，手指拽着塞得太深的瓶塞。他用膝盖夹着瓶子，从口袋里掏出教书匠给的螺丝钻兼开瓶器。

"哟，那个不错。"男人说。

小孩微微一笑。他把螺丝钻扎进瓶塞，拽了出来。老头肯定从没想过这招，不过现在轮到他来改改了。"这个小玩意儿可以打开一切。"他说。

陌生人慢慢开车，观察着他。

他把瓶子举到嘴边，喝了一大口。液体有一种深深的、几乎毫无掩饰的苦味，令他出乎意料，而且似乎比任何他喝过的威士忌都浓烈。它猛烈烧灼他的喉咙，他的焦渴全新地爆发出来，逼得他又喝了更大一口。第二口比第一口更可怕，他觉得陌生人正不乏恶意地看着他。

"不喜欢，嗯？"他说。

小孩有点头昏,不过他把脸朝前探,说"它比生命之饼好啊!"。他眼睛发亮。

他靠回去,从开瓶器上取下瓶塞,塞上瓶子,放回手套盒。他的动作已经变得缓慢。他花了些时间把手搁回腿上。陌生人什么也没说,塔沃特扭脸朝向窗外。

酒精像一块滚烫的石头躺在胃里,燃烧他全身,他觉得被愉快地剥夺了责任或者尝试为自己的行为辩护的必要。他的思考变得费劲,好像它们不得不挣扎着穿过什么浓厚的介质,才能抵达头脑表层。他看着没有护栏的浓密树林。车开得很慢,他几乎能数出最外一排的树木,他就数了起来,一棵,一棵,一棵,直到它们融为一体流动起来。他头靠在玻璃窗上,沉重的眼皮合拢了。

过了几分钟,陌生人伸手推推他肩膀,他没动弹。男人加快车速。他飞驶了大概五英里,看到有个出口通往一条土路。他拐过去,飞快地开了一两英里,拐下路边,开到靠近树林边缘的一个荒僻斜坡上。他呼吸急促,淌着汗。他钻出车子,绕过车头,开车门,塔沃特像一个松松垮垮的袋子一般倒下。男人扶起他,扛着进了树林。

土路上没有任何东西路过,太阳继续挪动,一路显得光耀而麻木。树林沉默着,只偶尔传来一声啾啾声或呱呱声。空气仿佛也被下了迷药。时不时,一只巨大沉默的鸟儿滑翔着落上树梢,过一会儿又飞起。

过了大约一小时,陌生人独自出现了,鬼鬼祟祟地四下看看。他带着小孩的帽子作纪念,还有那个螺丝钻兼开瓶器。他薄薄的皮肤变成一种淡粉色,好像换了新血似的。他飞快地钻进车里,匆匆驶离。

塔沃特醒来时，太阳已在头顶，变得很小，呈银色，撒下的光好像还没照到他身上就散掉了。他先是看到自己瘦瘦的白腿伸在前方。他靠着一根圆木，它躺在两棵非常高大的树当中的小小空地上。他的双手用一条浅紫色手帕松松绑着，他的朋友大概是用它来换走了帽子。他的衣服整齐地堆在身边，身上只穿了鞋子。他意识到帽子不见了。

小孩的嘴扭曲着张开，歪到一边，好像打算永远挪位似的。转瞬之间，它似乎只是一道裂缝，再也不会变回一张嘴。他的眼睛看起来很小，变得像种子似的，好像他睡着时，它们给取出，烤焦，又丢回脑袋上。他的表情好像不停地收缩，直到超越了愤怒或者痛苦。接着他体内撕裂出一声响亮干枯的哭喊，嘴巴落回了原位。

他疯狂地扯那浅紫色手帕，终于把它一条一缕地撕了下来。他飞快地穿衣，慌里慌张的，一半穿反了都没注意。他站着低头看那些凌乱的树叶，它们标出他躺过的地方。他的手已经伸进口袋，掏出火柴。他把树叶踢成一堆点燃。接着他扯下一根松树枝点燃，用它点着附近的所有灌木，直到火焰贪婪地吞噬这片邪恶的地面，烧掉陌生人可能触碰过的所有地方。等到一大团怒吼的火焰升起，他转身跑了起来，依然抓着松树火炬，一路点着灌木丛。

他几乎没注意自己跑出了树林，跑上光秃秃的红土路。它在他脚下飞速移动，像凝固的火焰，直到渐渐喘不过气，他才放慢脚步，打量四周。天空，路两侧的树林，脚下的土地，都猛然悬止，道路重获了方向。它夹在高高的红色路堤当中一路向下，穿过一片整个被犁过的平坦田地。远处是一间一侧有点塌陷的棚屋，像是漂浮在红色皱褶上。山下的木桥像史前野兽的骨架似的架在小溪床上。这正是回家的路，他自打婴儿起就熟悉的地方，不过现在这里看起来像是一个陌生异样的国度。

他攥着燃灭的焦黑松枝呆立着，过了一会儿他慢慢朝前走去。他知道此刻不能回头。他知道命运迫使他走向一个最终的神启。他那双烟熏火燎过的眼睛不再显得空虚或只想指引他前进。看起来，仿佛像先知之唇一样，焦炭触碰之后，再也不会用来观看普通的物象了。[1]

---

[1]《旧约·以赛亚书》6:7: 将炭沾我的嘴，说："看哪，这炭沾了你的嘴，你的罪孽便除掉，你的罪恶就赦免了。"

第十二章

宽路渐渐变窄，最后变成几乎就是一道印着车辙、饱经风雨的沟渠，消失在一片黑莓丛中。通红巨大的太阳快要触到树顶。塔沃特在这里暂停。他的目光掠过正在成熟的黑莓，猛地转向刺进面前黑色稠密的树林。他吸口气，屏住片刻，这才一头朝前扎去，盲目地跟着那条若隐若现、穿过树林通向空地的小路。空气里满是金银花的香气和松树更为尖锐的气味，不过他几乎辨不出它们。他感官迟钝，思维似乎也停滞了。树林深处，一只画眉叫起来，鸟鸣仿佛一把钥匙在小孩心里拧动，他喉头不由一紧。

一阵轻柔的晚风飘来。他跨过一棵倒在路上的树，继续向前。一根刺葡萄钩破他的衬衫，可他没停脚。远处，画眉又叫了。它用不变的四声宣告，冲着沉寂抖颤地宣泄悲哀。他径直奔向树林中的一个豁口，从那里，透过一棵分岔的桦树，可以越过长长的山坡，越过田地，看到下方的空地。每次，他和舅爷爷从公路回来，都会在此停留。老头俯瞰这片田地,看向远方他那幢两侧各竖一根烟囱的房子,他的棚屋,他的田,他的玉米,他就能心满意足到了极点。他简直就像摩西远眺着应许之地。

塔沃特走近那树,紧张地耸着肩膀。他好像准备好接受打击。那棵分叉于地面之上几英尺处的树出现在前方。他停下脚步,一手撑一根树枝,俯身探出分岔口,望向一片深红色天空。他的目光像一只在火焰中扑腾的鸟儿,飘忽不定地落下。它落脚之地,两根烟囱伫立,仿佛两个悲哀的人守着当中那片焦黑土地。他看着看着,脸好像就萎缩起来。

他浑身僵硬,只有双手在动。它们握拳又松开。他看到的正是预想的景象,一片空荡荡的空地。老头的尸体已不在。他的骨灰不会跟此地的尘土融为一体,不会被雨水冲刷渗进田里。这会儿,风已经吹散他的骨灰,让它们落下、飘散,又扬起,沿着世界之弧,把他的粒粒尘埃送向四面八方。空地上一切曾经压迫过他的东西都烧尽了。没有什么十字架表明这是我主依然统治的土地。他所眺望到的一切表明契约破裂了。此地已遭抛弃,仅属于他。他看着看着,干渴的嘴唇张开了。逼迫它们张开的,似乎是一种过于强烈、不容拘束在他体内的饥饿。他张口结舌地呆立着,好像再也没有动弹的力气。

他感到一阵微风像呼吸一般轻柔地拂上脖子,他半转身,感觉像是有人站在身后。一阵空气咝咝飘动,像一声叹息落进他耳朵。小孩面色刷白。

快下坡去,占有它吧,他的朋友低声道。它是我们的啦。我们赢得了它。自打你一开始挖那墓穴，我就站在你一边，从未离开你，现在我们可以一起占有它啦，就你和我。你再也不会孤单啦。

小孩不由地浑身颤抖起来。这存在就像一股气味、一团包拢住他的温暖甜蜜的空气一样无孔不入，一道紫罗兰色影子绕在他肩头。

他猛晃着身子从中挣脱出来，从口袋里抓出火柴，又扯下一根松枝。他把树枝夹在胳膊下，一只颤抖的手点着火柴，举到松针下，直到它变成一根燃烧的火把。他把它塞到分岔树矮一点的树枝下。火焰噼啪升腾起来，吞噬着干燥一些的树叶，涌进枝叶间，一道火之拱门闪耀着朝上攀升。他一路倒退，把火炬捅进身边的所有灌木丛，终于在他和那个狞笑的存在之间造出一道不断升腾的火墙。他透过火焰怒视，看到对手很快就要被怒吼的大火烧死，不由精神大振。他紧攥燃烧的火把，转身继续赶路。

下坡一路崎岖，穿过映红的树干，太阳渐渐沉没消失，树干的颜色正渐渐变黑。时不时地，他把火炬插进一丛灌木或者一棵树，身后留下一团火焰。树林渐渐变得稀疏。突然前方豁然开朗，他站在了树林边缘，眺望平坦的玉米地，还有远方两根烟囱。树顶上方，一条条紫红色块块像阶梯一样向后递进，通向黄昏。老头生前种的玉米长到一英尺高，整片田里都是波动起伏的绿浪。田地最近才犁过。小孩呆立在原地，一个瘦小僵硬、没戴帽子的人影儿，抓着那根烧黑的松枝。

他打量着，饥饿又重新攫住他。它似乎在他体外包围着他，仿佛就在眼前、清晰可见，是某样他可以伸手去够，却不易触到的东西。他对这地方生出一种陌生感，好像这里已有了一个占领者。他的目光越过两根烟囱,扫过灰头土脸饱经风霜的棚屋,越过屋后的田地,停在远处的黑色树墙上。一种深邃饱满的寂静铺天盖地。迫近的黄昏蹑手蹑脚地降临,仿佛对某种盘踞此地的神秘敬畏不已。他呆立着,微微朝前探身。他好像会永远地僵在那里,进退不得。他连吸进的空气都感觉异样,好像这里的空气都属于别人了。

接着,在棚屋附近,他看到一个骑骡子的黑佬。骡子没有在动;人和骡子都像石雕一样。他大胆地穿过田地走了起来,举着拳头,半像问候,半像威胁,不过立刻他就张开了手掌。他挥着手,跑了起来。是巴福德。他可以跟他回家,就有东西吃了。

一想到吃的,他顿时又停下,身体因为恶心痉挛起来。他突然有一种不祥的预感,面色因为惊惧而刷白。他站着不动,感觉身体里打开了一个火山口,而伸展在他面前,包围住他周身的,他看到正是他发誓永不踏足的国度那一清二楚的灰色空间。他机械地朝前走去。他踩上院子里硬邦邦的地面,离无花果树几英尺远,可他的目光先绕了一大圈,在棚屋上方逡巡一阵,又朝前投向远处的树林,这才绕回来。他知道接下来他双眼将要看见的,是那个挖了一半的敞开的坟墓,几乎就在他脚下。

黑佬平静地看着他。他骑着骡子过来了。小孩终于逼自己掉转了目光,他先看到了骡蹄,然后是从骡子体侧耷拉下来的巴福德的脚。再往上,皱巴巴的黑脸正俯看他,带着足以穿透任何表面的谴责之情。

坟墓,新近堆好的,横亘在他们当中。塔沃特低眼去看它。坟头的泥土上孤零零地插了一个粗糙的深色十字架。小孩的手僵硬地松开了,好像丢下了什么他紧攥一辈子的东西。他的目光最后停留在木头插进坟墓的地方。

巴福德说:"因为我他才躺在这儿。你醉得瘫倒那会儿,我埋了他。因为我他的玉米地才给犁了。因为我他的救主标记才竖在了他头上。"

小孩身上好像没一处有生气,只有眼睛除外,它们朝下看着十字架,好像顺着它钻进地面,钻到它的根脉包拢住所有死者的地方。

黑佬坐着打量这张沮丧得奇怪的脸,渐渐忸怩起来。他眼睁睁看着那满脸的皮肤绷紧了,那双眼睛,从坟墓上抬起,好像看到了远方走来的什么东西。巴福德扭过头。他身后越发黑暗的田地一路往下延伸,通向树林。他扭回头,小孩的眼神好似穿空而过。黑佬打起寒战,突然感到一股难以承受的重压。他觉得是空气中有什么在燃烧。他掀动着鼻孔,嘟囔了句什么,便让骡子掉头,走开了,穿过屋后的田地,下坡走向树林。

小孩站在原处,静寂的眼里映出黑佬穿过的田地。他感觉它不再空旷,而是挤满人群。在每一处,他都能看到模糊的人影坐在斜坡上,他打量着,看到他们从一个篮子里源源不断地取食。他的目光在人群中久久寻找,好像一直找不见想要的人。接着他看到他。老头正弯腰坐到地上。他坐下来,把肥胖的身体安顿好,便朝前探身,脸冲着篮子,急不可耐地等它慢慢挪向自己。小孩也朝前探身,终于明白了自己的饥饿所欲求的,明白它和老头的目标完全一致,而此世没有任何东西可以填饱他。他的饥饿感如此强烈,简直能把所有被不断变化出来的面饼和鱼一口气吃个精光。

他呆立着，朝前探去，不过那景象在不断加深的黑暗中消退了。夜晚降临，渐渐那儿和黑色地平线之间只剩了窄窄的一道红光，可他依然僵立不动。他感觉他的饥饿不再是一种痛苦，而是一道潮浪。他感觉它在体内涨起，穿越时间和黑暗，穿越许多世纪，而他知道，它涌动在一连串的人的身体里：这些人的生命被选中专供它来延续，他们将在世界上踟蹰，一群来自暴力国度的陌生人，沉默主宰着那个国度，只有真理被喊出的时刻除外。他感觉它从亚伯的血液到他自己的血液一脉相承，潮涌而起，吞没着他，似乎转瞬之间就将他抛起、掀翻在地。他猛地转向树林的天际线。那里，但见一棵金红色火树升腾而起，在夜色中上升铺展，仿佛即将迸出巨大的火焰，把黑暗一口吞噬。小孩与它息息相通。他知道它是包围了但以理的那团火焰，是把以利亚从大地上抬升而起的那团火焰，是对摩西发话的那团火焰，而此刻它也将冲他开口。他五体投地，脸贴着坟头的泥土，听取了那命令：去警告上帝之子们，仁慈将以可怕的速度垂临。这话像静默无声的种子，在他的血液里一颗接一颗迸开。

等他终于爬起身，那棵燃烧的灌木已经消失。一条火线懒洋洋地吞食着树林的天际线，后头的树丛里已然聚起一大团沉闷的红色烟云，时不时有一股细细的火焰冲天而起。小孩弯腰抓起一把舅爷爷坟头的泥土，涂在额头上。过了片刻，他头也不回，穿过前方的田地，走上巴福德消失的那条路。

午夜时分，他已把小路和燃烧的树林抛在身后，再度踏上公路。月亮紧挨着他，低低驶在旷野上方，在一团团黑暗之间时隐时现，闪亮如钻。小孩斑驳的影子断断续续斜投向前，仿佛为他清出一条通往目标的简陋小径。他灼烧的双眼，乌黑两团，深陷眼窝，似已窥见蛰伏的命运，而他兀自稳步前行，面朝黑暗的城市，上帝之子们正在其中酣睡。

图书在版编目（CIP）数据

暴力夺取 /（美）弗兰纳里·奥康纳著；殷杲译 . —北京：
人民文学出版社，2017.6
ISBN 978-7-02-012910-2

Ⅰ. ①暴… Ⅱ. ①弗… ②殷… Ⅲ. ①长篇小说－
美国－现代 Ⅳ. ① I712.45

中国版本图书馆 CIP 数据核字（2017）第 120670 号

选题策划：雅众文化
责任编辑：陈　黎
特约编辑：曹雪峰　陈　淡
装帧设计：蒋　熙

暴力夺取

［美］弗兰纳里·奥康纳 著
殷杲 译

人民文学出版社出版
（100705　北京市朝内大街 166 号）
山东临沂新华印刷物流集团有限责任公司印刷　新华书店经销

字数：128 千字　开本：880×1220 毫米　1/32　印张：6
2017 年 8 月北京第 1 版　2017 年 8 月第 1 次印刷
印数：1-8000
ISBN 978-7-02-012910-2
定价：35.00 元